Marie Andrevsky

Wiener Menuett

Roman

C. M. Brendle Verlag

Impressum

1. Auflage Januar 2006
Neuauflage November 2018
© C. M. Brendle Verlag, Albstadt
www.brendle-verlag.de
Umschlaggestaltung: C. M. Brendle Verlag
Herstellung: Books on Demand GmbH, Norderstedt
Printed in Germany
ISBN 978-3-942796-19-4

Der Ballsaal des Palais Palffy in der Wiener Innenstadt war zum Bersten gefüllt mit Menschen in raschelnden Seidenkleidern, goldbetressten Uniformen und eleganten Abendanzügen. Hunderte Kerzen brachten die Kristalllüster zum Funkeln, während sich ein Streicherquartett heldenhaft abmühte, das Summen der zahllosen Stimmen zu übertönen. Rund um den Hausherrn hatte sich eine Gruppe Männer versammelt, die seinen Worten gespannt lauschte oder zumindest so tat. Zu Letzteren gehörte ein Mann, der statt einer Uniform eine schlichte schwarze Brokatjacke trug, deren Schnitt einen erstklassigen Schneider vermuten ließ, weiße Kniehosen und bestickte Seidenstrümpfe. Der gängigen Mode nach war sein Haar gepudert und im Nacken mit einer Samtschleife zusammengebunden. Kammerdiener Johann hatte darauf bestanden, die hohen Wangenknochen seines Herrn mit einem Schönheitspflästerchen zur Geltung zu bringen und das von ihm eigenhändig arrangierte Spitzenjabot mit einem haselnussgroßen Smaragd zu zieren, der hervorragend zu den Augen seines Besitzers passte. Im Bewusstsein, wieder ein perfektes Meisterwerk geschaffen zu haben, hatte er sich mit einem zufriedenen Lächeln einen Schluck aus der Cognacflasche seines Herrn gegönnt und hernach seine Aufmerksamkeit dem neuen Zimmermädchen zugewandt. Der Ausbund an Perfektion, den er geschaffen hatte, hörte auf den Namen Stefan von Winterfeld und fragte sich gerade, ob das Ausmaß an Langeweile, in dem sein Leben erstickte, noch steigerungsfähig war.

»... und in der Tat gab der verdammte Gaul genau zehn Meter vor der Ziellinie auf.« Brüllendes Gelächter der Männer, die um ihn herumstanden, begleitete die Worte des Grafen Palffy und Stefan zwang ein Lächeln auf sein Gesicht.

«Das ist gar nichts, verglichen mit dem Keiler, der letzten Herbst Jagd auf Karl-Ludwig machte ...«

Damit hatte seine Frage eine Antwort gefunden. Stefan wandte sich ab, um sich unauffällig zu entfernen. Mehr als ein Jahr hatte er im Auftrag der Kaiserin in Budapest verbracht, doch in Wien schien die Zeit still zu stehen. Dieselben alten Geschichten, dieselben alten Gesichter, nichts, was er nicht schon vor einem Jahr gesehen hatte. Oder vor fünf Jahren.

»Auch auf dem Weg zu einer gepflegten Partie Tarock, Stefan?«

Er blieb stehen und blickte zu dem Mann, der ihn angesprochen hatte. »Hast du einen besseren Vorschlag?«

Rudolf von Krieglach grinste. »Kleiner Ausflug zum Spittelberg vielleicht, die Nacht ist noch jung, wir sind jung und die Nymphchen dort sind auch jung.«

Graf von Winterfeld seufzte. Auch in dieser Hinsicht hatte sich nichts verändert. »Solltest du nicht langsam deine Ansprüche höherschrauben?«

Rudolf lachte. »Mit dir als Vorbild?«

Stefan zog eine Dose Schnupftabak aus der Innentasche seiner Jacke und bot sie dem Freund an, danach bediente er sich selbst. Gerade als er zu einer Antwort ansetzen wollte, erregte eine Gestalt auf der breiten Marmortreppe seine Aufmerksamkeit. Sie trug ein karmesinrotes Kleid, das inmitten der sich gerade in Mode befindlichen Pastelltöne wie ein Farbklecks leuchtete. Unter dem hochgesteckten, weiß gepuderten Haar befand sich ein Gesicht, das in seiner Ebenmäßigkeit geradezu überirisch wirkte. Keine Schminke, kein Rouge, kein Schönheitspflästerchen störte die Züge. Jeder Maler hätte Jahre seines Lebens dafür gegeben, sie porträtieren zu dürfen. Diese Frau war schöner als alle, die er je gesehen hatte und Stefan von Winterfeld hatte in seinen zweiunddreißig Jahren eine Menge an weiblicher Schönheit aus allernächster Nähe gesehen.

»Wer ist die Kleine?«, fragte er Rudolf.

»Die Nichte der alten Jacobi. Christina Brenner«, antwortete der Baron von Krieglach. »Blutjung und frisch aus der Provinz.«

Stefan beobachtete, wie sich das Mädchen umsah und nervös mit dem Fächer zu spielen begann. Ein Lächeln stahl sich auf ihre Lippen, als ein Mann in blassgelben Kniehosen und dunkelblauer Jacke neben ihr stehen blieb. Der Mann bot ihr galant seinen Arm und das Mädchen legte ihre Finger darauf.

»Axel von Rödern kennst du ja. Ihre Verlobung soll nächste Woche bekannt gegeben werden«, hörte Stefan seinen Freund sagen.

Das Paar war am Ende der Treppe angekommen und bewegte sich zielstrebig zu dem Tisch, an dem die Gräfin Jacobi saß. Stefan blickte ihnen entgegen. Ihre Blicke trafen sich für den Bruchteil einer Sekunde, bevor die junge Frau sich wieder an ihren Begleiter wandte, und gleichgültig an Stefan vorbeiging.

Den restlichen Abend verbrachte er damit, sie zu beobachten. An der riesigen Tafel, die mit Blumen und goldverzierten Porzellanaufsätzen geschmückt war, verlor er sie aus den Augen. Als ihn jedoch Rudolf nach dem Dessert in den Spielsalon locken wollte, würdigte er ihn nicht einmal einer Antwort, sondern strebte in den Ballsaal zurück. Sie tanzte mit schwereloser Eleganz – wie eine Waldelfe -, dachte er, bevor ihm einfiel, dass er über keine poetische Ader verfügte. Poeten waren arm und unansehnlich und schmachteten ihre Angebetete nur von Ferne an. Er hingegen war reich, attraktiv und ein Mann der Tat. Sie lachte wieder und schlug ihren Partner spielerisch mit dem Fächer auf den Arm. Dann beugte sie sich vor, um ihm etwas zuzuflüstern. Er nickte und verschwand in der Menge, während sie sich an eine Säule lehnte. Sie klappte den Fächer auf und begann ihn hektisch zu bewegen. Ihr Gesicht glühte. Stefan hielt einen der livrierten Lakaien auf, der ein Tablett mit Champagnerkelchen vorbei trug, und nahm ein Glas. Entschlossen durchquerte er den Saal und blieb vor Christina stehen. Sie runzelte die Stirn und sah ihn fragend an.

»Ihr seht durstig aus«, sagte er einfach.

»Sind wir uns schon vorgestellt worden?«, entgegnete sie hochmütig und Stefan packte einen der Vorbeigehenden am Arm.

»Ferry, tu mir die Freude und stell mich dem gnädigen Fräulein vor.« Schwankend blieb der Mann stehen und richtete seine blutunterlaufenen Augen zuerst auf Stefan, dann auf Christina.

»Nun ... ja ... also ... Graf Stefan von Winterfeld, ein wirklich ...«

Stefan gab ihm einen leichten Stoß. »Das reicht, mein Alter, du darfst dich wieder um deine Angelegenheiten kümmern.« Er hielt Christina das Glas hin. »Seid Ihr jetzt bereit, eine Erfrischung von mir entgegen zu nehmen, oder soll ich Euch zuerst mit einem Schwank aus meiner Kinderzeit unterhalten?«

»Das kann ja noch nicht lange zurückliegen.« Sie lächelte und er beging den Fehler, ihr in die Augen zu sehen. Von diesem Moment an war er verloren, wehrlos ertrunken in violetten Tiefen. Zwei Dinge schossen gleichzeitig durch seinen Verstand: er wollte sie haben und er würde verhindern, dass Axel von Rödern sie bekam. Gleichgültig, was auch immer er dafür tun musste. Vertieft in diese Gedanken merkte er nicht, dass sie ihn belustigt musterte, ehe sie an ihm vorbeiblickte.

»Winterfeld, zurück vom Balkan?« Die Stimme riss ihn in die Wirklichkeit und er fand sich Rödern gegenüber. Er hatte den Kerl noch nie leiden können und jetzt erreichte seine Abneigung einen neuen Höhepunkt.

»Wenn Ihr damit meinen Aufenthalt in Budapest meint, Rödern, ich bin seit letzter Woche wieder in Wien.« Voller Missfallen beobachtet er, wie sich Christina leicht an den Mann lehnte und ihn strahlend anblickte.

»Die Bekanntschaft meiner reizenden Verlobten habt Ihr schon gemacht, Winterfeld?« Er nickte.

»Ihr seid zu beneiden. Ein Engel hat Euch seine Gunst geschenkt«, fügte hinzu und sah Christina an, die ihre Brauen hob.

Axel grinste stolz. »Manchmal kann ich es selbst nicht glauben.«

Stefan biss sich hart auf die Lippen, um ihm nicht zu versichern, dass er damit goldrichtig lag.

»Wollt Ihr uns nicht Glück wünschen, Graf von Winterfeld? «, erkundigte sich Christina sanft, aber in ihren Augen tanzten tausend Teufel.

Er nahm ihre Hand und hauchte einen Kuss darauf. »Natürlich wünsche ich Euch Glück«, entgegnete er und betonte das Euch gerade so stark, dass ihre Wangen eine Nuance dunkler wurden. Mit einer angedeuteten Verbeugung verließ er die beiden und schlenderte in den Spielsalon, wo er einen seligen, weil auf einer Glückssträhne dahintreibenden, Rudolf vorfand. Er setzte sich neben ihn und beteiligte sich an der nächsten Partie. Ohne großes Interesse betrachtete er die Karten. Seine Gedanken waren noch immer bei Christina und er fragte sich, was sie an diesem jungen, nichts sagenden Welpen wohl fand. Gleichgültig schob er seinen Einsatz auf den Tisch und versank wieder in Grübeleien. Er musste etwas unternehmen, er durfte nicht zulassen, dass sie sich an Rödern wegwarf. Sie hatte ganz andere Möglichkeiten und er brauchte eine Gespielin, die ihm die Nächte verkürzte. Die kleine Sarközi war zwar amüsant gewesen, aber nicht so amüsant, dass er auch nur eine Sekunde daran gedacht hatte, sie von Budapest nach Wien mitzunehmen.

»... kann ihn auch nicht retten«, hörte er eine gedämpfte Stimme hinter sich.

»Aber die alte Jacobi wird ihre Nichte doch nicht ohne Mitgift vor den Altar treten lassen«, meinte eine andere.

»Das nicht, aber sie wird der Kleinen das Geld auch nicht nachwerfen. Sie ist von der Wahl des Zukünftigen nicht begeistert, und wenn sie dahinterkommt, dass Rödern mehr Spielschulden als Haare auf dem Kopf hat, möchte ich nicht in Axels Haut stecken. Überdies ... « die Stimme entfernte sich und Stefan starrte auf die Karten in seiner Hand, ohne etwas zu sehen. Es schien, als wäre ihm das Schicksal wohl gesonnen.

Gleich am nächsten Morgen machte er sich auf, um Axel von Rödern einen Besuch abzustatten. Ein sorgfältig gekleideter Diener öffnete die Tür, nahm ihm Mantel und Hut ab, und führte Stefan in einen kleinen Salon, wo Axel an einem reich gedeckten Tisch saß und ihm leutselig zuwinkte.

»Nur herein, Winterfeld, ich hasse es, alleine zu frühstücken«, er zwinkerte Stefan zu. »Obwohl ich mir angenehmere Gesellschaft vorstellen könnte, zumindest aber hübschere.«

»Es tut mir wirklich leid, Euch zu enttäuschen.« Stefan setzte sich Rödern gegenüber und sah ihn an. Der Freiherr trug dasselbe Hemd wie gestern Abend, nur war es jetzt mit Marmeladespritzern und anderen, undefinierbaren Flecken übersät. Seine Lippen glänzten fettig und als er sich zurücklehnte, rülpste er ausgiebig.

»Wir sind nicht gerade das, was man Busenfreunde nennt, Winterfeld. Also, was bringt Euch her?«

Stefan begrüßte die direkte Art seines Gegenübers. »Ich will nicht lange um den heißen Brei herumreden. Ihr habt Spielschulden und die Advokaten geben sich bei Euch die Türe in die Hand.«

Rödern zuckte mit den Schultern. »Die paar elenden Münzen ...

Von den elenden Münzen lebt ein Minister ein ganzes Jahr in Saus und Braus.«

»Nun ...«

»Die Gläubiger rennen Euch die Tür ein ...«

»Alles Übertreibung.«

»Gut, dann kann ich ja wieder gehen.« Stefan stand auf und schlenderte zur Tür.

»Wartet«, rief Rödern nach kurzem Zögern.

Stefan drehte sich um.

»Angenommen ... aber wirklich nur angenommen, Ihr habt Recht ... was schert es Euch?«

»Ich biete Euch einen Ausweg an.«

»Und der wäre?«

»Ich bezahle alle Eure Schulden, zusätzlich erhaltet Ihr noch ein kleines Taschengeld ... und im Gegenzug ... lasst Ihr die Verlobung mit Christina Brenner fallen.«

Axel starrte ihn entgeistert an. »Was redet Ihr da? Christina ist das Licht meines Lebens, ich liebe sie, ich kann sie nicht verlassen...«

Stefan zuckte die Schultern. »Auch gut, aber die alte Jacobi wird bestimmt Erkundigungen über Euch einziehen, bevor Ihr am Traualtar steht. Und mit Euren Schulden sehe ich schwarz für ihre Zustimmung ...«

Rödern griff nach einer Serviette, wischte sich den Mund ab und warf sie zurück auf den Tisch, bevor er langsam aufstand. Er war etwas größer als Stefan und nutzte diesen Vorteil, um jetzt auf seinen Gegner hinunter zu sehen. »Wirklich rührend, Winterfeld, wie Ihr um mich besorgt seid. Warum kann ich nicht glauben, dass Ihr aus reiner Menschenfreude so handelt?«

Stefan bemühte sich um eine gleichgültige Miene. »Was immer meine Motive sind, Ihr tut gut daran, sie nicht zu hinterfragen. Konzentriert Euch einfach auf das Wesentliche.«

Rödern legte die Stirn in Falten. »Wenn ich mir Euren gestrigen Auftritt ins Gedächtnis rufe ... es geht um Christina, nicht wahr?«

»Wie gesagt, meine Motive ...«

»Lügner«, sagte Rödern kalt. »Sie gefällt Euch, und da Ihr auch in der Vergangenheit nicht davor zurückgeschreckt habt, unschuldige junge Mädchen zu verführen ...«, er brach ab und sah Stefan zornig an. »Als gäbe es nicht genug Witwen und vernachlässigte Ehefrauen, die nur darauf warten, Euer Bett zu wärmen. Aber das ist nicht genug, um Eure Langweile zu beseitigen, nicht wahr?« Sarkasmus tropfte aus seinen Worten. Bevor Stefan etwas entgegnen konnte, fuhr Rödern fort. »Ich sehe die Szene genau vor meinen Augen. Die verlassene Braut und der zufällig anwesende Tröster, der sie in sein Bett zieht, noch bevor ihre Tränen getrocknet sind.« Er grub die Hände in die Taschen seines Morgenrocks. »Nicht mit mir, Winterfeld. Und schon gar nicht mit Christina.«

Stefan suchte nach einer passenden Erwiderung. Dieses Gespräch lief nicht so, wie er es erwartet hatte. Er war überzeugt gewesen, dass Rödern ihm auf Knien für sein Angebot danken würde und nicht, dass er gezwungen war, zu argumentieren, um sein Ziel zu erreichen. »Nun«, begann er schließlich. »Ich weiß Eure Integrität zu schätzen. Andererseits nützt sie Euch nichts. Wenn die Gräfin Jacobi von Euren Schulden erfährt, wird sie einer Heirat nie zustimmen. Dann habt Ihr Christina verloren und die Schulden bleiben Euch trotzdem. Wenn Ihr in meinen Vorschlag einwilligt, dann seid Ihr zumindest finanziell aus dem Schlimmsten heraus.«

Rödern setzte sich wieder und stützte den Kopf in die Hände. Stefan witterte seine Chance und trat näher.

»Nehmen wir an, es gelingt Euch, die alte Jacobi zu täuschen und Ihr heiratet Christina ... was könnt Ihr dem Mädchen schon bieten? Immer mit einem Fuß im Schuldturm, immer bemüht, irgendwelche Löcher zu stopfen ...«, er ließ seine Worte wirken.

Rödern fuhr sich mit dem Fingern durch sein blondes Haar und als er den Kopf hob, wich Stefan unwillkürlich vor dem Schmerz zurück, der in seinem Gesicht stand.

»Ich liebe sie. Ich liebe sie mehr als mein Leben.« Er lachte bitter auf. »Mein Leben – hätte keinen schlechteren Vergleich finden können als mein armseliges Leben.« Als er weiter sprach, war seine Stimme fast unhörbar. »Sie ist etwas Besonderes, ein Diamant unter lauter Kieselsteinen. Ich habe mich immer gewundert, warum sie ausgerechnet mich gewählt hat.« Er machte eine resignierte Handbewegung. »Auch wenn ich es ungern zugebe, Winterfeld, Ihr habt Recht. Sie hat ein besseres Leben verdient, als ich ihr bieten kann.«

»Nun, dann sind wir uns einig ...«

»Fast. Eine winzige Kleinigkeit bleibt noch zu verhandeln.«

»Und die wäre?«

»Ich verlasse Christina, nehme Euer Geld und Ihr dürft in die Rolle des Seelentrösters schlüpfen. Aber Ihr werdet sie nicht zu Eurer Mätresse machen, Winterfeld, Ihr werdet sie heiraten.«

»Heiraten?«, wiederholte Stefan fassungslos.

»Heiraten«, bestätigte Rödern. »Sie wird den Platz in der Gesellschaft einnehmen, der ihr zusteht. Sie wird nicht in der Gosse enden oder bei einer Engelmacherin verbluten.«

»Und wenn ich nicht ...«

»Dann könnte ich auf die Idee kommen, einfach mit ihr durchzubrennen, das würde mich keine großen Überredungskünste kosten, und ihr Leben wäre noch immer glücklicher als das einer ehemaligen Mätresse, die in Armut und Elend dahinvegetiert.« Röderns Stimme klang ruhig und beherrscht. Er blickte Stefan gerade in die Augen und ein boshaftes kleines Lächeln glitt auf sein Gesicht, als er genüsslich hinzufügte: »Die Wahl liegt ganz bei Euch.«

Stefan ging zum Fenster und starrte hinaus. Wie in drei Teufels Namen hatte ihm die Situation so aus der Hand gleiten können ... wie kam der Kerl dazu, ihm ein Ultimatum zu stellen? Heiraten! Nicht im Traum hatte er daran gedacht, niemals. Sein Leben verlief im Großen und Ganzen recht zufriedenstellend. Ohne Ehefrau, die sich in dieses Leben einmischte und ihn in jeder denkbaren Weise zu gängeln versuchte. Er sah wieder die violetten Augen vor sich, die sanft gerundeten Schultern und die milchweiße Haut. Andererseits ... irgendwann musste er heiraten und für Nachkommen sorgen, das war er seinem Namen schuldig, warum also nicht gleich? Damit wich er auch den Fallstricken der ehrgeizigen Mütter halbwüchsiger Töchter aus, die ihm seit seiner Rückkehr aus Budapest mit Argusaugen beobachteten. Und später, wenn sein Interesse an Christina erlahmte, würde er bestimmt Mittel und Wege finden, Arrangements nach seinem Geschmack zu treffen. Langsam drehte er sich zu Rödern um. »Ich bin einverstanden.«

»Gut. Ich werde für uns beide einen Termin bei meinem Bankier vereinbaren, dort können wir die Einzelheiten regeln.«

Stefan nickte und ging zur Tür. »Dann wünsche ich Euch einen angeregten Vormittag.«

Röderns Stimme ließ ihn noch einmal innehalten. »Ich werde zwar Wien verlassen, aber Ihr solltet Euch darüber klar sein, dass ich genug Kontakte hier habe, um an Informationen zu kommen«, er spielte mit einem kleinen Messer. »Wenn ich erfahre, dass Ihr unseren Handel brecht oder Christina schlecht behandelt, dann werde ich nicht zögern, Euch die Haut in kleinen Streifen abzuziehen. In vielen kleinen Streifen.«

Wenige Tage später trafen sich die beiden Männer bei Axel von Röderns Bankier und unterschrieben die nötigen Papiere. Die Höhe der Schulden nahm Stefan kurzfristig den Atem und er merkte, dass ein maliziöses Lächeln über Röderns Gesicht huschte. Aber er schwieg und auch Stefan sagte nichts, bis sie bei seiner Kutsche angekommen waren, die vor dem imposanten Bankgebäude wartete. Der Freiherr zog eine schmale Karte aus seinem Mantel. »Hier ist eine Einladung zur offiziellen Verlobung, Winterfeld. Natürlich werde ich nicht erscheinen und Ihr könnt das Drama aus der ersten Reihe genießen.«

Stefan steckte die Karte ein. »Gut, dann wünsche ich Euch viel Glück, Rödern.«

»Diesen Wunsch kann ich nur zurückgeben, Winterfeld. Irgendetwas sagt mir, dass Ihr Glück nötiger haben werdet als ich.«

Sie sahen sich kurz an, dann stieg Stefan in die Kutsche und Rödern ging in die andere Richtung.

2

Das Haus der Gräfin Jacobi war hell erleuchtet, als Stefan durch das Foyer schritt und sich in die Schlange der Gäste einreihte, die ihre Aufwartung machten. Die Gastgeberin thronte auf einem leicht erhöhten Podium in einem mit verschwenderischen Schnitzereien dekorierten Sessel. Ihr Gesicht war so dick mit weißer Schminke, Rouge und Lippenstift bedeckt, dass es wie eine starre Maske aussah. An ihrem faltigen Hals schimmerte eine fünfreihige Perlenkette, an den Ohrläppchen baumelten passende Ohrgehänge.

»Winterfeld, welch seltene Freude, Euch in meinem Haus begrüßen zu dürfen.« Ihre durchdringende Stimme wurde nur von ihrem durchdringenden Blick übertroffen. Stefan beugte sich über die ihm entgegen gestreckte Hand.

»Besser spät als nie«, versuchte er einen Scherz und lächelte sie entschuldigend an. Sie zuckte die Schultern und wedelte mit ihrer Hand, zum Zeichen, dass er entlassen war. Er wandte sich an Christina, die zwischen ihrer Tante und einer anderen älteren Frau stand, von der er aufgrund der Ähnlichkeit annahm, dass sie ihre Mutter war. »Gnädiges Fräulein.« Er verbeugte sich tiefer als nötig und hielt ihre Hand länger fest, als es der Anstand gebot. »Ihr seht heute noch bezaubernder aus, als bei unserer letzten Begegnung.« Er erwartete, dass sie erröten und den Blick senken würde. Stattdessen lächelte sie wieder dieses leicht belustige Lächeln und murmelte: »Ist das überhaupt möglich?«

Der Besucherstrom trieb ihn weiter, ehe er etwas entgegnen konnte. Im angrenzenden Salon wurden Erfrischungen gereicht und Stefan zog sich mit einem Glas in der Hand an einen strategisch günstigen Platz im Schatten einer Blumensäule zurück. Während er die Gäste musterte, kam er zum Schluss, dass die Gräfin Jacobi die Creme de la Creme der Wiener Gesellschaft eingeladen hatte. Etwas, worauf er nicht gefasst gewesen war. Einige bekannte Persönlichkeiten ja, aber keine moralischen Instanzen wie den Bischof von St. Stefan oder die Fürstin Esterhazy. Was bedeutete, dass der Skandal größere Wellen schlagen würde, als er gedacht hatte. Seine Gedanken wurden von Christina unterbrochen, die mit den beiden älteren Frauen den Salon betrat. Heute trug sie ein blassblaues Kleid mit Silberstickerei, das ihre Augen leuchten ließ und ihrer Haut den Ton von Alabaster verlieh. Wieder war ihr Gesicht ungeschminkt, nur ihr Haar gepudert. Ihre Brauen wirkten wie mit schwarzer Tusche gezeichnet und er fragte sich, welche Farbe wohl ihr Haar hatte. Er merkte, dass ihre Augen immer wieder zu der Uhr auf dem Kamin glitten und dass ihr Lächeln von Minute zu Minute angespannter aussah.

Die Gräfin Jacobi, die wieder auf einem thronähnlichen Sessel Platz genommen hatte, winkte das Mädchen ungeduldig zu sich. Christina wechselte ein paar Worte mit ihr und schüttelte dann den Kopf. Die Blicke der Anwesenden folgten ihr durch den Raum, und auch ohne es deutlich zu verstehen, wusste er, dass die Menge zu tuscheln begann. Die Messer wurden gewetzt. Livrierte Diener drehten bereits zum vierten Mal die Runde mit Tabletts, auf denen gefüllte Gläser standen, als ein anderer Lakai Christina einen Umschlag überreichte. Sie riss ihn auf und entfaltete den Zettel. Er sah, dass ihre Finger zitterten. Umschlag samt Botschaft flatterten zu Boden und Christinas Mutter bückte sich schnell, um beides aufzuheben. Entsetzen breitete sich auf ihrem Gesicht aus, ehe sie den Brief an die Gräfin Jacobi weiterreichte. Stefans Augen kehrten zurück zu Christina. Sie war schneeweiß und er dachte, dass sie jeden Moment in Ohnmacht fallen würde. Aber sie blieb stehen, aufrecht und unbeweglich wie eine Statue, ihr Blick fixierte einen Punkt an der gegenüberliegenden Wand. Die Gräfin Jacobi faltete den Zettel langsam zusammen und steckte ihn sorgfältig in den Umschlag zurück. Ihre Stimme war hart und klar wie Kristall.

»Verehrte Gäste, soeben werden wir in Kenntnis gesetzt, dass Freiherr von Rödern durch einen unvorhergesehenen Zwischenfall verhindert ist. Die Verlobung kann heute nicht stattfinden. Sie wird zu einem späteren Zeitpunkt nachgeholt werden.« Alle Blicke richteten sich auf Christina, die noch immer regungslos, mit leicht erhobenem Kopf neben der Gräfin stand. Ihre Hand lag auf der Armstütze des Sessels. Das Schweigen im Raum hing über der Gesellschaft, einer dunklen Wolke gleich, aus der sich jeden Moment ein alles vernichtender Blitzschlag lösen konnte. Dann lächelte Christina in die Runde. Es kam so plötzlich, dass Stefan ungläubig die Brauen hob.

»Liebe Freunde, davon lassen wir uns den Abend nicht verderben. Gleich nebenan wartet ein Buffet, und ich denke, es hat lange genug gewartet.« Ihre Stimme klang hell und ungezwungen, als wäre sie die Gastgeberin eines Banketts und nicht der Mittelpunkt eines drohenden Skandals. Sie bewahrte Haltung und augenscheinlich ging ihr das Ganze nicht wirklich nahe. Obwohl es seine Rolle als Trostspender schmälerte, beruhigte ihn diese Tatsache. Dieses Gefühl hielt solange an, bis sein Blick auf die Hand auf der Armlehne fiel. Sie hielt das Holz so fest umklammert, dass die Knöchel weiß hervorstanden. Er wartete verborgen hinter der Säule, bis die Gästeschar ins Nebenzimmer verschwunden war und nur mehr die drei Frauen beieinander standen.

»Deine Tochter scheint deine glückliche Hand, was die Auswahl von Ehemännern betrifft, geerbt zu haben«, stellte die Gräfin Jacobi fest.

»Gisela, sei nicht ungerecht, was kann Christina dafür, wenn der Kerl einfach das Weite sucht.«

»Ich habe immer gewusst ... «

»Ja, Tante, du hast es immer gewusst«, sagte Christina leise.

Gräfin Jacobi betrachtete ihre Nichte schweigend. Als sie zu sprechen begann, klang ihre Stimme unerwartet sanft. »Geh zu Bett, Zissy. Lass dir von Clara ein paar Tropfen Laudanum bringen und versuch zu schlafen. Er ist keine Tränen und keine schlaflose Nacht wert. Kein Mann ist das wert.«

»Du bleibst hier?«

»Einer muss der Meute Paroli bieten, ich werde zusehen, wie ich den Scherbenhaufen kitten kann.« Sie sah zu ihrer Schwester. »Du solltest besser auch zu Bett gehen, Erika, du siehst etwas angegriffen aus«, sagte sie dann in einem Ton, der keinen Zweifel darüber ließ, dass sie keine Empfehlung, sondern einen Befehl aussprach.

»Wie du meinst, Gisela.« Erika wandte sich mit einem Nicken ab und rauschte aus dem Zimmer. Die Gräfin Jacobi griff nach einem zierlichen Elfenbeinstöckchen, das an ihrem Sessel lehnte, und stütze sich leicht darauf, während sie in den angrenzenden Salon schritt. Unbewusst hielt Stefan den Atem an, während er aus dem Schatten der Säule weiter zu Christina hinüberblickte. Sie ging zu dem Sessel ihrer Tante und nahm den Brief, der dort lag. Zog ihn aus dem Umschlag. Streifte ihn mit den Fingern glatt. Starrte eine Ewigkeit darauf. Dann faltete sie ihn wieder zusammen und steckte ihn in ihr Mieder. Vor dem Spiegel über dem Kaminsims blieb sie stehen und nahm ihr Champagnerglas. Sie betrachtete ihr Spiegelbild und nippte an dem Kelch. Noch immer wirkte sie völlig ruhig und erst als sie mit dem Handrücken die Tränen auf ihrer Wange wegwischte, merkte er, dass sie weinte. Sie stellte das Glas so hart auf den Marmorsims, dass der dünne Stiel brach und hielt sich dann mit beiden Händen an der Kante fest. Ihr Kopf fiel nach vorne und ihre Schultern bebten. Gerade, als er einen Schritt auf sie zu machen wollte, um die Gunst des Augenblicks zu nützen, stieß sie sich ab und warf den Kopf zurück. Ihre Finger ballten sich zu Fäusten und ihre Lippen bewegten sich leicht. »Verdammter Bastard.«

Im ersten Moment glaubte er, sich verhört zu haben, aber als sie den Umschlag aus ihrem Mieder zog und in kleine Stücke riss, wusste er, dass sie diese Worte wirklich ausgesprochen hatte. Ein kleines, anerkennendes Lächeln spielte um seine Lippen, während er ihr nachsah, wie sie durchs Zimmer marschierte und die Tür hinter sich ins Schloss warf.

3

Christina blinzelte und presste dann stöhnend die Augen fest zusammen. Ihr Kopf schmerzte von den Nachwirkungen des Laudanums, ihr Mund schmeckte pelzig und ihr Körper fühlte sich an als wäre eine sechsspännige Kutsche mehrmals darüber gerollt. Sie wollte nicht aufwachen, denn wenn sie es tat, stand der gestrige Abend sofort wieder vor ihren Augen. Wie hatte er ihr das antun können? Sie liebte ihn. Sie vertraute ihm. Sie hatte ihn ihrer Tante gegenüber immer wieder verteidigt. Und was war der Dank dafür? Eine geplatzte Verlobungsfeier und zwei Worte auf einem Stück Papier. »Verzeih mir.«

Als könnte das alles ungeschehen machen und ihr gebrochenes Herz kitten. Was war mit den Liebesschwüren, den Küssen, den zärtlichen Berührungen? Erwartete man von ihr, dass sie das alles vergaß und weiterlebte als wäre nichts geschehen, als hätte es niemals einen Mann gegeben, den sie geliebt und dem sie vertraut hatte? Und wie sollte sie weiterleben? Spätestens heute Abend wusste ganz Wien, was geschehen war. Und bis ein anderer Skandal den ihren auslöschen würde, konnte sie ihr Gesellschaftsleben vergessen.

Christina kannte Tante Gisela gut genug, um zu wissen, dass sie damit keinen Spaß verstand. Höchstwahrscheinlich wurde sie samt ihrer Mutter wieder ins Salzburgische verbannt, wo sie bis vor zehn Monaten gelebt hatte. Christina stöhnte. Was hatte sie falsch gemacht? Welche seiner Erwartungen hatte sie nicht erfüllt? Immerhin bekam sie von Tante Gisela eine Mitgift, die als durchaus angemessen bezeichnet werden konnte. Die Tante hegt die Anschauung, dass Blut dicker ist, als Wasser und deshalb hatte sie ihre Schwester großzügig bei sich aufgenommen, als diese ihre Stelle als Gouvernante verlor. Im Gegenzug pflegte sie Erika in regelmäßigen Abständen daran zu erinnern, dass sie an ihrem armseligen Leben selbst schuld sei. Schließlich hatte niemand die Komtess Wanek gezwungen, die Mesalliance mit einem gewissen Ludwig Brenner einzugehen, der außer einem attraktiven Äußeren nichts Wesentliches vorzuweisen hatte.

Christina seufzte. Ihr Vater. Die Erinnerung an ihn war verschwommen, da er Frau und Kind verlassen hatte, als sie selbst gerade vier Jahre alt gewesen war. Und obwohl ihre Mutter dadurch gezwungen war, als Gesellschafterin oder Gouvernante zu arbeiten, kam nie ein böses Wort über ihre Lippen. »Er war schön wie ein Engel und ich durfte ein Stück des Weges mit ihm gemeinsam gehen. Ich habe erfahren, was wahre Liebe ist. Wer kann das schon von sich behaupten«, hatte sie einmal zu ihrer Tochter gesagt und hinzugefügt: »Du bist ihm wie aus dem Gesicht geschnitten.«

Schönheit, eher ein Fluch als ein Geschenk. Sie war neunzehn und die Männer umschwärmten sie seit fünf Jahren. Die beiden letzten Stellen hatte ihre Mutter nur verloren, weil sie – Christina – sich gegen die Annäherungsversuche der Hausherren zur Wehr gesetzt hatte. Und verletzter männlicher Stolz kannte weder Einsicht noch Gnade. In Wien, wo ihre Tante sie in die Gesellschaft eingeführt hatte, war es nicht anders. Sie wurde mit Komplimenten, mit Blumen und Einladungen überhäuft. Man pries ihre Schönheit, die Farbe ihrer Augen, den Schnitt ihres Kleides. Keinen interessierte es, dass sie die Ilias im Original gelesen hatte, dass sie Rousseaus Theorien schätzte und sich gerne mit einem Medikus über den Sitz der Seele unterhalten hätte. Sie begriff, dass sie nur als Kleinod gesehen wurde, dem ein Mann die passende Fassung geben konnte, um sich damit zu schmücken. Ein Gefäß für seine Eitelkeit und seinen Samen. Sie hatte immer gedacht, dass Axel anders wäre, dass er hinter die Fassade sah und liebte, was er dort vorfand. Schließlich hatten sie oft über die Dekrete Maria Theresias diskutiert oder über die Unabhängigkeitsbestrebungen der englischen und französischen Kolonien auf dem amerikanischen Kontinent. Aber was immer sie verbunden hatte, für ihn war es letztendlich nicht genug gewesen, um sein Leben mit ihr verbringen zu wollen. Christina zog sich die Decke über den Kopf. Warum konnte sie nicht einfach weiterschlafen und in hundert Jahren wieder aufwachen?

Es war schließlich später Nachmittag als Christina in Tante Giselas Salon erschien, wo diese hinter einem voluminösen Schreibtisch saß und den Kiel einer Gänsefeder über ein Blatt Papier kratzen ließ. Ihre Mutter hatte auf einer Chaiselongue Platz genommen und beschäftigte sich mit einer Petit Point Stickerei. Beide Frauen sahen von ihrer Arbeit auf, als Christina das Zimmer betrat.

»Ausgeschlafen, Zissi?«, fragte die Tante Christina und legte die Feder zur Seite. »Wie ich dich kenne, hast du dir schon in der Küche etwas zu essen geholt.« Christina setzte sich in einen Stuhl, der vor dem Schreibtisch stand und streckte die Beine aus.

»Ganz richtig, liebe Tante.«

»Schön, es freut mich zu sehen, dass es dir gut geht, Zissi.«

»Tut mir Leid, dass ich noch lebe«, antwortete Christina patzig.

»Es gibt gute Neuigkeiten«, hörte sie die Stimme ihrer Mutter und drehte sich zu ihr um. Das Lächeln in Erikas Gesicht erstarb unter dem scharfen Blick, den ihr die Schwester zuwarf.

»Wirklich? Ist Axel aufgetaucht und alles hat sich als ein Irrtum herausgestellt?« Christina konnte nicht verhindern, dass ihre Stimme bei dieser Frage atemlos klang.

»Natürlich nicht, Kind. Meinen Nachforschungen nach hat er Wien schon gestern früh verlassen«, machte Gisela ihre Hoffnungen ohne Umstände zunichte. Christina spielte mit einer Borte ihres Kleides. Etwas Gutes hatte die Nachricht doch: sie musste Axel nicht mehr gegenübertreten und diese Tatsache beruhigte sie ein wenig.

»Was ist dann die Neuigkeit?«, fragte sie ohne großes Interesse.

»Ich habe gestern Abend, nachdem ihr beide zu Bett gegangen seid, ein ausführliches Gespräch geführt.«

»Mit wem und worüber?«

»Über dich, mein Kind. Es scheint, als hättest du eine Eroberung gemacht, und alles wird sich zum Guten wenden.«

Der salbungsvolle Tonfall ihrer Tante gefiel ihr gar nicht. »Ja?«

»Ja, Zissi. Graf Winterfeld hat gestern um deine Hand angehalten.«

»Winterfeld?« Christina runzelte die Stirn, dann erinnerte sie sich, was Axel ihr über den Grafen erzählt hatte: mehr Geld als Verstand, in allen Betten zu Hause, kein anderes Ziel im Leben als Geld ausgeben und seinen Spaß haben. »Aber der Mann kennt mich ja gar nicht«, murmelte sie.

»Oh, doch das tut er. Er hat dich beim Grafen Palffy letzte Woche getroffen und sich unsterblich in dich verliebt.«

»Blödsinn«, schnaubte Christina.

»Er hält dich für einen Engel ...«

»Oh, diese Bezeichnung steht auf meiner Beliebtheitsskala an erster Stelle.« Sie warf ihrer Mutter einen Blick zu, aber diese hatte sich wieder über ihre Stickerei gebeugt. Von dieser Seite war keine Hilfe zu erwarten, dachte Christina bitter.

»Nun, ich selbst finde auch, dass dieser Begriff nicht ganz zu dir passt, aber der Glaube eines Mannes ist sein Himmelreich und in diesem Fall tätest du gut daran, ihn in diesem Glauben zu bestärken.« Tante Gisela hatte in den letzten zehn Monaten Dutzende Heiratsanträge für sie abgeschmettert, deshalb erstaunte Christina der plötzliche Meinungswechsel.

»Das soll heißen ...«

»... dass du ihn heiraten wirst, und wenn ich dich höchstpersönlich zum Altar schleifen muss.«

Christina lehnte sich zurück und hielt dem Blick ihrer Tante stand. »Ich denke nicht daran.«

»Das ist mir klar, Zissi. Aber in diesem Fall hast du keine Wahl. Ich war nachgiebig genug, dich einmal wählen zu lassen, anstatt einen Ehemann für dich zu suchen. Jetzt tust du, was ich sage.«

»Ich will nicht«, antwortete sie starrsinnig.

»Du hast es immer noch nicht verstanden. Nach dem gestrigen Desaster geht es nicht darum, was du willst. Es geht darum, welche Möglichkeiten dir noch bleiben.«

»Die Heirat mit diesem Winterfeld kann nicht die einzige Möglichkeit sein.«

»Nein. Die andere wäre ein Stift für vornehme Fräulein jeden Alters, die entweder schwermütig, wahnsinnig oder hässlich sind oder die der Mittelpunkt eines Skandals waren. Dich für den Rest deines Lebens dort unterzubringen wird zwar teuer, aber ich werde mir die paar Jahre, die mir noch bleiben, nicht durch dein Benehmen oder das Fehlen davon verderben lassen. Dafür habe ich den alten Jacobi nicht zehn endlose Jahre lang ertragen.«

»Mutter«, schrie Christina entsetzt auf.

Erika seufzte. »Was soll ich sagen, Zissi. Deine Tante war nie verliebt, sie hat sich an den Meistbietenden verkauft ...«

»Hätte ich das nicht getan, geliebte Schwester, dann könntest du jetzt Socken stopfen, statt Deckchen aussticken«, sagte Gisela scharf und wandte sich wieder ihrer Nichte zu. »Es ist deine Schuld, dass es so gekommen ist.«

»Meine Schuld?«, wiederholte Christina ungläubig. »Axel hat mich sitzen gelassen, nicht ich ihn.«

»Ich weiß, aber dein Betragen in der Öffentlichkeit war absolut indiskutabel. Du hast mit ihm herumpoussiert, dich von ihm küssen und berühren lassen. Ich habe nur geschwiegen, weil ihr verlobt ward, aber jetzt sage ich dir, dass du dich wie eine Kokotte aufgeführt hast.« Ihre Augen verengten sich. »Und wer weiß, was du sonst noch mit ihm getrieben hast.«

Fassungslos starrte Christina ihre Tante an. »Das ist nicht dein Ernst ...«

»Es ist das Bild, das die Gesellschaft von dir hat. Und die einzige Möglichkeit, dich wieder einigermaßen präsentabel zu machen, ist eine Heirat mit einem einflussreichen Mann. Wenn nicht, dann bleibt dir nur das Stift. Oder die Arbeit als Gouvernante«, fügte sie hämisch mit einem Blick auf ihre Schwester hinzu.

Die Einrichtung begann, sich vor Christinas Augen zu drehen. Das durfte nicht wahr sein ... alles nur ein Albtraum, aus dem sie gleich erwachen würde. Von weitem hörte sie die Stimme ihrer Tante: »Natürlich musste ich Winterfeld auch auf diese Eventualität vorbereiten.«

»Diese Eventualität?« wiederholte sie verständnislos.

»Dass du mit Axel schon deinen Spaß gehabt hast.« Alle Farbe wich aus ihrem Gesicht.

»Das hast du nicht getan, Tante, sag mir, dass du das nicht getan hast.«

Gisela zuckte die Achseln. »Um den heißen Brei herumreden, bringt nichts. Er ist dermaßen fest entschlossen, dich zu heiraten, dass ich es angebracht fand, die Fakten auf den Tisch zu legen. Winterfeld ist ein Mann von Welt, der solche Dinge mit der nötigen Diskretion behandelt ...«

»Einer Diskretion, die dir scheinbar fehlt, Tante.«

»Hör zu, Fräulein, es ist zu spät, Blümchen-Rühr-Mich-Nicht-An zu spielen. Übrigens ist er so verrückt nach dir, dass es ihm gleichgültig ist.«

Christina hatte nicht geglaubt, dass sie noch tiefer im Boden versinken konnte und schüttelte nur hilflos den Kopf.

Ihre Tante beugte sich über den Tisch. »Winterfeld ist eine erstklassige Partie. Altes Geld, altes Blut. Seit Jahren versuchen Mütter wie Töchter ihn einzufangen, doch er ist ein Meister im Hakenschlagen. Seine Moral ist eine Katastrophe und sein Ruf beim Teufel. Aber er gehört zum Freundeskreis des Thronfolgers und ist für seine Loyalität zur Kaiserin bekannt. Niemand wird es wagen, mit dem Finger auf dich zu zeigen, wenn du die Gräfin Winterfeld bist. Und alles andere ist vollkommen unwichtig.« Christina schob ihr Kinn vor und starrte die Tante an. Unbeeindruckt redete diese weiter: »Er kommt morgen Vormittag, um dir seine Aufwartung zu machen und dich um deine Hand zu bitten. Wir sind uns darüber einig, dass die Hochzeit so schnell wie möglich über die Bühne gehen soll. Und es wird definitiv keine Verlobung geben.«

»Du erwartest von mir keine Antwort auf all das, nicht wahr?«

Gisela von Jacobi lehnte sich in ihrem Sessel zurück. »Wie gesagt, es ist nicht mehr wichtig, was du dazu sagst, Zissi. Und auch wenn du es nicht hören willst, die Ehe mit diesem Mann ist deine letzte Chance auf ein anständiges Leben.«

Christina kämpfte darum, nicht einfach aufzuspringen und aus dem Zimmer zu laufen. Stattdessen erhob sie sich langsam und sagte – wesentlich ruhiger als sie in Wirklichkeit war: »Gut, nachdem du die Entscheidungen für mein Leben getroffen hast, scheint es so, als müsste ich sie akzeptieren. Ich werde den Grafen morgen empfangen. Wenn er nach dem Gespräch allerdings nicht mehr ...«

»So dumm wirst du nicht sein«, schnitt ihr die Tante das Wort ab und beugte sich wieder über ihren Brief.

Unkontrollierbare Wut stieg in Christina hoch. »Nein, so dumm werde ich nicht sein, und kein Mann und keine Ehe kann schlimmer sein als das hier.« Sie stürmte aus dem Zimmer und knallte die Tür zu. Als sich die roten Sternchen vor ihren Augen verflüchtigt hatten, merkte sie, dass sie im Hof vor dem Pferdestall stand. Sie befahl einem der Knechte, ihr Pferd zu satteln und schwang sich kurz darauf auf den Rücken des Tieres. Erst, als sie die erstaunten Blicke der anderen Reiter bemerkte, die in der Au unterwegs waren, wurde ihr bewusst, dass sie weder Hut noch Reitkleidung trug, und ohne Begleitung war. Tränen stiegen ihr in die Augen, während sie sich einzureden versuchte, dass es darauf auch nicht mehr ankam. Sie schlug einen der engen Waldwege ein und ließ das Pferd im Schritt gehen. Es gab keine Lösung für ihr Dilemma. Keine der zur Auswahl stehenden Möglichkeiten war für sie akzeptabel. Und trotzdem musste sie sich für eine davon entscheiden.

4

Christina saß auf der Chaiselongue in Tante Giselas Salon und versuchte, ihre Hände ruhig im Schoß zu halten. Es war halb elf. Für diese Zeit hatte Graf Winterfeld sein Kommen angekündigt. Verspätungen von einer Stunde gehörten zum guten Ton, trotzdem hatte Tante Gisela darauf bestanden, dass sie um zehn Uhr bereit sein sollte. Ihr kritisches Auge notierte das zu einem festen Knoten am Hinterkopf aufgesteckte blonde Haar und das einfache, aber elegante dunkelblaue Kleid mit dem weißen Spitzeneinsatz am Hals und den Ärmeln. Von Christinas plötzlicher Kooperationsbereitschaft überrascht, lächelte die Tante sie ermutigend an. »Winterfeld ist kein Monster. Er ist auch nicht schlechter als die anderen jungen, wohlhabenden Adeligen. Sie alle haben zu viel Geld und zu viel Zeit. Ich wollte dir mit meinen gestrigen Worten keine Angst vor ihm machen. Wenn du es geschickt anstellst, kannst du ihn um den kleinen Finger wickeln.«

Christina seufzte unhörbar. »Ja, Tante«, erwiderte sie. Sie wollte keine fruchtlosen Diskussionen mehr mit ihr führen, darum hatte sie auch ein Kleid und eine Frisur gewählt, die ihre Tante billigen würde.

»Zeig dich von deiner besten Seite«, redete Gisela weiter. »Du besitzt ganz ausgezeichnete Manieren, ich weiß das und für dich wird es Zeit, sich daran zu erinnern.«

»Ja, Tante.«

»Ich weiß auch, dass du in einem Stift kreuzunglücklich werden würdest. Du brauchst Menschen um dich, du hasst Regeln und du kannst dich nicht unterordnen. Spiel deine Karten richtig aus, und in ein paar Jahren kannst du tun und lassen, was du willst.«

»So wie du, Tante?« Die Tür öffnete sich. Das entband die Gräfin Jacobi von einer Antwort.

»Graf Stefan von Winterfeld«, kündigte der Haushofmeister an und trat zur Seite. Die beiden Frauen drehten sich um und Christina hörte, wie ihre Tante scharf den Atem einzog. Der Mann, der in den Salon schlenderte, trug Reitstiefel, helle Hosen und eine flaschengrüne Jacke. Sein schwarzes Haar war zerzaust, und die

Hand, mit der er es zu glätten versuchte, steckte in einem Lederhandschuh. Das war ganz und gar nicht der Aufzug, in dem ein Mann einen Heiratsantrag vorbrachte. Die Missachtung dieser gesellschaftlichen Regel stellte einen neuerlichen Affront dar und alle im Raum waren sich dessen bewusst. Bevor die Stille peinlich wurde, verbeugte sich Graf Winterfeld vor der älteren Frau und hob ihre Hand an seine Lippen.

»Gräfin, welche Freude, Euch wohlauf anzutreffen«, er lächelte und wandte sich dann an Christina. Sie hatte mit vor der Brust verschränkten Armen sein Entré beobachtet. Sein Lächeln vertiefte sich, als er vor ihr stand und widerstrebend reichte sie ihm ihre Hand. Ungeschminkt und ohne gepudertes Haar sah er jünger aus, als sie ihn in Erinnerung hatte. Auch war er recht attraktiv - wenn man schwarzhaarige Männer mochte.

»Gnädiges Fräulein, wie schön zu sehen, dass Eure Tränen getrocknet sind.«

Woher wusste er, dass sie geweint hatte? Sie runzelte die Stirn, beschloss aber, zu schweigen. Er hielt noch immer ihre Hand, als sich Tante Gisela räusperte. »Graf Winterfeld, ich habe meine Nichte über Euer Anliegen in Kenntnis gesetzt. Christinas Mutter, leider ist sie im Moment unpässlich, und ich sind mit Eurer Werbung einverstanden. Ihr sollt jetzt die Gelegenheit bekommen, alleine mit Christina zu sprechen.« Mit einem Kopfnicken verließ sie das Zimmer.

Christina sah dem Mann, der ihre Hand hielt, in die Augen und senkte vor dem intensiven leuchtenden Grün den Blick. Sie hatte sich keine Gedanken darüber gemacht, was an Konversation von ihr erwartet werden würde, da sie im Allgemeinen keine Schwierigkeiten hatte, mit Menschen ins Gespräch zu kommen. Aber jetzt fiel ihr nichts ein. Also zog sie ihre Finger weg, um wenigstens irgendetwas zu tun. Was sie allerdings prompt mit dem Problem konfrontierte, mit dieser Hand jetzt etwas anstellen zu müssen. Ärgerlich verschränkte sie die Arme wieder vor der Brust und sah ihn an. Er lächelte noch immer und sie war fest überzeugt, dass er diesen Augenblick außerordentlich genoss.

»Gnädiges Fräulein ... Christina ... «, begann er. »Ich möchte Euch bitten, mir die Ehre zu erweisen, meine Frau zu werden.« Diese Direktheit verschlug ihr den Atem. Der Mann stellte sich einfach hin – in Reitkleidung! – und bat sie um ihre Hand. Keine gepflegten Floskeln, kein Kokettieren, keine Liebesschwüre.

»Ihr kennt mich ja gar nicht«, stotterte sie zu ihrem eigenen Missfallen.

»Mag sein, doch Ihr habt mein Herz erobert, als ich Euch das erste Mal gesehen habe. Und da Rödern ein so unglaublicher Narr war, Euch gehen zu lassen ... der Verlust des einen ist der Gewinn des anderen.«

Christina schüttelte den Kopf. »Das ist unmöglich ... «

»Das ist es nicht.« Er nahm ihre Hände in die seinen. »Habt Ihr Euch nicht auf den ersten Blick in Rödern verliebt?«

»Wagt es nicht, meine Beziehung zu Axel für Eure Zwecke zu missbrauchen«, fuhr sie ihn an.

»Habe ich Recht oder nicht?«, fragte er ruhig.

»Und wohin hat es mich gebracht?«, entgegnete sie wütend. »Dazu, dass ich den Antrag des erstbesten Bonvivants annehmen muss.«

»Ihr seid nun einmal eine unwiderstehliche Person«, sagte er merklich kühler, aber ohne auf die Beleidigung direkt einzugehen. »Ich verstehe durchaus, dass Rödern sich nicht zurückhalten konnte.«

Tante Giselas Worte fielen ihr ein und sie wurde rot. »Was immer ... «

Er unterbrach sie mit einer Handbewegung. »Ich bin im Bilde. Und ich bin bereit, das zu nehmen, was ich bekomme.«

Unglauben lag in ihrer Stimme. »Auch wenn ich schwanger wäre?«

»Natürlich würde ich es begrüßen, wenn mein Erbe nicht nur meinen Namen trägt, sondern in seinen Adern auch mein Blut fließt. Andererseits, oft genug wird Männern ein Kind untergeschoben, und ich möchte nicht wissen, in wie vielen Bälgern der Gesellschaft mein Blut fließt. Es wäre bloß ein Fall von ausgleichender Gerechtigkeit und ich bin sicher, irgendwelche Götter werden sich deshalb schieflachen.«

Die Leichtigkeit dieser Antwort entwaffnete sie. Das war ihr Hauptargument gewesen, ihn davon abzubringen, sie zu heiraten und er hatte es in drei Sätzen zunichte gemacht. »Laut meiner Tante prügeln sich Frauen darum, Euch zum Mann oder zum Schwiegersohn zu bekommen. Warum wollt Ihr dann ausgerechnet ein sitzengelassenes Mädchen heiraten, das womöglich guter Hoffnung ist?«, fragte sie im gleichen respektlosen Tonfall, den auch er benutzt hatte.

Sein Blick wanderte über sie, langsam und gründlich, wie eine exquisite Liebkosung. Kein Mann hatte sie jemals so angesehen. Keiner von denen, für die ihre Mutter gearbeitet hatte und die sie gerne in ihr Bett gezogen hätten. Und auch nicht Axel. Er stand so knapp vor ihr, dass sie seinen Atem auf ihrem Gesicht spürte. »Es ist mir verdammt egal, wer mein Geld und meinen Namen erbt, wenn ich einmal tot bin. Ich will meinen Spaß solange ich lebe und glaub mir, Kleines, wir beide werden eine Menge Spaß haben.« Seine Stimme brachte ihren Körper zum Vibrieren.

Ihre Wangen glühten, aber diesmal nicht vor Scham, wie sie sich mühsam eingestand. Ihre Blicke waren immer noch ineinander verhakt, als er ein Schäuflein nachlegte: »Gleichgültig, ob du mit Axel oder einem Dutzend anderer Männer geschlafen hast, du wirst dich an keinen von ihnen mehr erinnern können, dafür werde ich sorgen.« Er machte keine Anstalten, sie zu berühren und Christina stolperte hastig rückwärts, um sich aus seinem Bann zu befreien. »Nachdem wir das also geklärt hätten, nun zu den wesentlichen Fakten«, fuhr er so geschäftsmäßig fort, dass sie sich fragte, ob sie seine letzten Sätze nur geträumt hatte. »Ich bin der letzte männliche Nachkomme der Winterfelds. Mein Vater starb an der Wiener Krankheit, meine Mutter hat kein zweites Mal geheiratet, sondern lebt seit mehr als zehn Jahren auf unserem Anwesen in der Wachau. Darüber hinaus gibt es Familiensitze in der Toskana und in Hetzendorf. Dann wäre da noch das Stadthaus in Wien und das Sommerpalais auf dem Rennweg. Dank weit blickender Vorfahren besitze ich mehr Geld, als ich in diesem Leben ausgeben kann. Ich schätze edle Pferde, edle Weine und edle Kunst. Mit einem Wort: ich liebe es, mich mit Schönheit zu umgeben. Und Ihr stellt genau das dar, was ich unter Schönheit verstehe.«

Seine letzten Worte beseitigten nachdrücklich den Nebel, der ihren Verstand umfangen hielt.

»Was - außer Schönheit - erwartet Ihr von Eurer Frau noch?«, fragte sie hochmütig.

Er zuckte die Schultern. »Ich bin nicht besonders anspruchsvoll. Ein Mindestmaß an gefälligem Betragen in der Öffentlichkeit. Haltung. Aber das besitzt Ihr ja im Übermaß, davon konnte ich mich schon bei der geplatzten Verlobungsfeier überzeugen.«

»Die Ihr sofort dazu benutzt habt, Euch an meine Tante heranzumachen.«

Er grinste. »Warum warten? Und scheinbar hat sie kein besseres Angebot erhalten.«

»Ich bin kein Pferd«, entgegnete Christina wütend. »Und ich werde mich nicht als solches behandeln lassen.«

Seine Stimme klang seidenweich. »Ich pflege meine Pferde gut zu behandeln, ich reite sie nicht zu Schanden und ich halte nichts von der Peitsche, aber sehr viel von straffen Zügeln.« Irgendeine Zweideutigkeit verbarg sich hinter seinen Worten, aber sie verstand nicht welche und ballte hilflos die Fäuste. Er setzte sich und streckte die Beine aus. »Wenn wir schon beim Thema sind, was erwartet Ihr von einer Ehe und einem Ehemann?«

Sie antwortete, ohne nachzudenken. »Freiheit.«

Er hob eine Braue. »Das deckt sich durchaus mit meinen Plänen. Nachdem ich ge.. «, er unterbrach sich, aber Christina hätte schwören können, dass er »nachdem ich genug von Euch habe« sagen wollte.

»Nachdem wir die üblichen zwei bis drei Kinder in die Welt gesetzt haben, sehe ich keinen Grund, warum wir nicht getrennte Wege gehen können«, schloss er. Christina hatte etwas ganz anderes gemeint und es war ihr wichtig, diesen Punkt klarzustellen. »Sehr schön«, sie versuchte, nicht allzu ironisch zu klingen. »Mit Freiheit meine ich, dass ich eigene Entscheidungen treffen kann; dass ich mir meine Freunde selbst aussuche; dass ich nicht über jeden Schritt Rechenschaft ablegen muss; dass ich lesen darf, was ich will.«

»Nun, ich habe nicht das geringste Interesse, Euch am Gängelband zu führen oder Euch zu kontrollieren, diese Mühe liegt mir wirklich fern.« Er gähnte. »Was Euren Bekanntenkreis betrifft ... das Parkett in Wien ist glatt. Darüber solltet Ihr Euch im Klaren sein.« Sie nickte und wartete, dass er etwas hinzufügen würde, aber er gähnte nochmals und fuhr sich mit der Hand durchs Haar. »Also, können wir das Ganze zum Abschluss bringen? Ich habe eine Verabredung zum Mittagessen.«

Christina lehnte sich an die Wand und betrachtete ihn. Seine Gleichgültigkeit ließ vermuten, dass er sie wirklich all die Freiheiten genießen ließ, die einer verheirateten Frau zustanden. Sie hatte nicht die Absicht, sich in eine Affäre zu stürzen, von Männern hatte sie für den Rest ihres Lebens genug. Und einen von ihnen zu akzeptieren, um vor allen anderen Ruhe zu haben, schien eine brauchbare Lösung. Trotzdem blieb noch ein letzter Punkt, der geklärt werden musste – nachdem, was Tante Gisela angerichtet hatte.

»Was die ... die ... «, sie konnte es nicht aussprechen, nicht einmal mit Axel hatte sie darüber gesprochen. Ihre Finger schlangen sich ineinander und sie schloss die Augen. »Was die ehelichen Pflichten betrifft«, sagte sie dann schnell, »ich kann nicht ... ich bin nicht bereit, mit ...«

»Ich nehme an, die Schlussfolgerungen der Gräfin Jacobi entbehren jeder Grundlage und die Götter werden über jemand anderen lachen müssen«, sagte er sanft, und sie spürte, dass er direkt vor ihr stand. Hilflos schüttelte sie den Kopf. Die ganze Situation war einfach zu demütigend und sie hielt die Augen fest zusammengepresst. Sie hörte ihn seufzen. »Ich bin nicht gerade für meine Geduld bekannt. Aber ich kann Euch versichern, dass ich von den Frauen in meinem Bett nicht verlange, dass sie meine Lust erdulden.«

Ihre Augen flogen gerade rechtzeitig genug auf, um das Lächeln, das seine Lippen kräuselte, zu sehen. »Ich verlange, dass sie sie teilen.« Zum ersten Mal in ihrem Leben wusste sie, was das Wort Panik wirklich bedeutete. Sie holte mit einem rasselnden Geräusch Luft und wollte an ihm vorbei zur Tür. Er hielt ihren Arm mit einer schnellen Bewegung fest. »Aber ich werde nie etwas tun, was Ihr nicht wollt, Christina.« Die Finger seiner anderen Hand begannen, eine Strähne ihres Haares aus dem Knoten zu ziehen. »Jetzt zum Beispiel, würde ich Euch gerne küssen, meine Schöne. Soll ich?«, fragte er spielerisch. Hysterisch schüttelte sie den Kopf. »Euer Wunsch ist mir Befehl«, entgegnete er langsam und wickelte die Haarsträhne um seine Finger. »Ich hätte nie gedacht, dass Euer Haar so hell ist. Wie gesponnenes Silber.«

Unfähig etwas zu sagen oder zu tun, sah sie zu, wie er die Finger an seinen Mund hob und ihr Haar mit seinen Lippen berührte. Seine Augen ließen die ihren keinen Moment los. Christina spürte, dass sie zu zittern anfing und musste ihre ganze Kraft zusammennehmen, um nicht zurückzuweichen oder den Blick zu senken. Aber diesen Triumph würde sie ihm nicht gönnen.

»Werdet Ihr mich heiraten?«, murmelte er.

»Versprecht Ihr, mich mit Respekt zu behandeln und mir meine Freiheit zu lassen?«, erwiderte sie und ihre Stimme klang fester, als sie vermutet hatte.

»Was Eure so genannte Freiheit betrifft, werde ich dafür sorgen, dass Ihr sie bekommt. Und Respekt ... ich behandle Euch mit Respekt, seit ich dieses Zimmer betreten habe.«

Christina sah ihn schweigend an und dachte, dass seine Auffassung von Respekt gewöhnungsbedürftig sei. Er stand noch immer knapp vor ihr, die Finger mit der Haarsträhne umwickelt. Sie hätte gerne ein paar Schritte Distanz zwischen sich und ihn gebracht, aber das war unmöglich und zum ersten Mal fiel ihr auf, dass sie wie ein Fisch an der Angel hing. Sie fühlte sich hilflos, verwirrt und ihr Kopf schrie so laut »Nein«, dass das Wort in ihren Ohren hallte. Ihre Zungenspitze befeuchtete die Lippen und sie sagte mit belegter Stimme: »Ich bin einverstanden, Eure Frau zu werden.«

5

Stefan wartete vor dem Haus der Gräfin Jacobi auf den Reitknecht, der sein Pferd bringen sollte. Die Reitgerte klatschte gegen seine Stiefel, während er ungeduldig auf- und abging. Er hatte allen Grund, mit den Entwicklungen der Dinge zufrieden zu sein. Aber er war es nicht. Zunächst einmal kochte er vor Zorn auf die Gräfin Jacobi, die in seinen Augen nicht dafür gesorgt hatte, dass Christina begriff, wie dankbar sie ihm sein musste, dass er sie vor einem Dasein als gesellschaftliche Außenseiterin gerettet hatte. Mehr oder weniger war er davon ausgegangen, dass sie ihm um den Hals fallen und ihm vor Dankbarkeit die Füße oder etwas anderes küssen würde. Stattdessen fand er sich auch hier in der unangenehmen Position, seine Entscheidung begründen und das Mädchen überreden zu müssen. Und dann die Szene mit der Haarsträhne.

Die Gerte schlug so fest gegen seinen Stiefelschaft, dass er den Hieb durch das dicke Leder spürte. Selbstbestrafung. Sehr gut. Genau das hatte er verdient.

Es war ein zuverlässiger, oft erprobter Trick, immer wirksam, wenn es darum ging, eine Frau schwach zu machen. Keine Frage, dass Christina ebenfalls in seine Arme gesunken wäre. Aber warum, zum Kuckuck, hatte er ihn zu einem völlig unmöglichen Zeitpunkt benutzt, statt in der Hochzeitsnacht oder irgendwann vorher, wenn sich die Gelegenheit für ein unbeobachtetes Schäferstündchen ergab. So hatte er gute Munition verschossen, für die Laune eines Augenblicks, während Mutter und Tante seiner Auserwählten nur eine Tür entfernt warteten.

Mit einem Fluch riss er dem Knecht die Zügel so heftig aus der Hand, dass der Mann erschrocken zurückwich. Stefan trieb das Pferd zu einer schnellen Gangart an und der scharfe Ritt quer über das Glacis zurück in die Stadt ließ seine Wut verdampfen. Nüchtern spielte er seinen Besuch in Gedanken nochmals durch. Als die Gräfin Jacobi ihm gegenüber unverblümt die Tatsache ausgesprochen hatte, dass Christina möglicherweise ein Kind von Rödern erwartete, hatte er gedacht, den Grund für das schnelle Verschwinden des Freiherrn erfahren zu haben. Die alte Giftspritze schien nicht viel von Christina zu halten. Und ihm war es wirklich egal gewesen. Darum verstand er auch nicht, warum ihn in dem Augenblick, als er feststellte, dass Christina nicht nur nicht guter Hoffnung sondern auch noch unberührt war, heiße Freude durchströmt hatte.

Noch viel weniger verstand er, dass er wie ein Schwachsinniger gegrinst hatte, als ihm die Gräfin die Hand drückte und ihre Glückwünsche äußerte. Und dass sein Grinsen wie weggewischt war, als er zum Abschied in Christinas ernste Augen blickte.

Rudolf erwartete ihn zum vereinbarten Mittagessen in den »Drei Hacken« und zeigte sich angesichts der Neuigkeiten weniger überrascht als Stefan erwartet hatte. »Wurde ja langsam Zeit, dass du vor den Altar trittst«, stellte sein Freund nur lapidar fest. »Und die Kleine hat es dir ja schon beim Ball der Palffys angetan.«

»War das so unübersehbar?«, fragte er mürrisch.

Rudolf lachte. »Nur für deine engeren Busenfreunde.«

»Das heißt also, ich habe mich in aller Öffentlichkeit zum Narren gemacht.«

»Deshalb wird sich keiner wundern, dass die Hochzeit so überstürzt stattfindet. Du bist ja bekannt für deine schnellen Entschlüsse. Dein Glück, dass Rödern so einfach von der Bildfläche verschwunden ist.«

»Ja«, antwortete er einsilbig.

»Weiß deine Mutter schon davon?«

Stefan seufzte. »Nein, du bist der Erste, der von meinen Absichten erfahren hat. Ich werde nach Bergenstein fahren und sie informieren müssen.«

»Wann soll die Hochzeit denn stattfinden?«, erkundigte sich Rudolf und winkte eines der Schankmädchen zu sich.

»Die Gräfin Jacobi hat mir versichert, dass sie die gesamte Planung übernehmen wird. Ich muss mich nur um eine Sonderlizenz kümmern, damit wir ohne die gesetzliche Aufgebotszeit heiraten können. Die Alte legt keinen Wert auf eine nochmalige geplatzte Verlobung.«

»Weißt du, warum Rödern das Weite gesucht hat?«

Stefan räusperte sich und griff nach seinem Weinglas. »Keine Ahnung. Aber das ist ja auch nicht wichtig.«

»Natürlich, du hast Recht. Und der Kerl war ja schon immer ein Idiot.«

»Wirst du mein Trauzeuge sein?«, erkundigte Stefan sich, um ihn auf andere Gedanken zu bringen.

»Ich dachte schon, du fragst nicht.« Er streckte die Hand aus und klopfte seinen Freund auf die Schulter. »Auf mich kannst du zählen, in guten und in schlechten Tagen.«

Die Sonderlizenz zu erhalten, bereitete keine Schwierigkeiten und nachdem Stefan der Gräfin Jacobi mitgeteilt hatte, dass die Hochzeit noch im selben Monat stattfinden könne, stürzte sich diese hektisch in Vorbereitungen. Christina bekam er nur sporadisch zu Gesicht. Sie übermittelte ihm fadenscheinige Entschuldigungen wie Schneideranproben, Besuche bei der Putzmacherin, Müdigkeit und Kopfschmerzen, kurz, sie ging ihm aus dem Weg und er konnte nichts anderes tun, als es zähneknirschend hinzunehmen. Bei einem zufälligen Treffen mit dem Thronfolger drückte ihm Joseph sowohl seine Glückwünsche als auch das Bedauern aus, an den Festlichkeiten nicht teilnehmen zu können. Stefan, der nicht gewusst hatte, dass die Gräfin Jacobi auch ihm eine Einladung geschickt hatte, fragte sich, wie weit der alte Drache wohl noch gehen würde. Um auf andere Gedanken zu kommen, beschloss er, das Vergnügen mit dem Nützlichen zu verbinden und nach Bergenstein zu seiner Mutter zu reisen, bevor sie die Neuigkeiten von jemand anderem erfuhr.

Er traf sie in dem weitläufigen Garten, der zu dem Anwesen gehörte, wo sie gerade damit beschäftigt war, die Honigwaben aus den Bienenstöcken zu entfernen. Ihr Gesicht wurde von einem breitkrempigen Hut, an dem ein engmaschiges Netz befestigt war, verdeckt. Auch einer der Bediensteten, der die Waben von ihr entgegennahm, war ähnlich gewandet. Beide wurden von summenden Bienenschwärmen umringt. Stefan blieb in respektvollem Abstand stehen und beobachtete, wie seine Mutter mit ruhigen Bewegungen ihrer Aufgabe nachkam. Ein Schauer lief über seinen Rücken, als er die Bienen entdeckte, die nicht nur über Hut und Schleier, sondern auch über ihre nackten Finger krochen. Sie arbeitete weiter, als hätte sie ihn nicht bemerkt, doch als der Bottich mit den Waben gefüllt war und der Mann ihn zu einem Schuppen trug, drehte sie sich zu ihm um und kam langsam auf ihn zu.

»Was machst du im Juni hier? Mein Geburtstag ist doch erst im September«, sagte sie statt einer Begrüßung und nahm den Hut ab. Pflichtschuldigst beugte er sich vor und küsste sie auf die Wange.

»Ich wollte dich eben gerne besuchen«, antwortete er und sogar in seinen eigenen Ohren klang seine Stimme lahm.

»Papperlapapp. Was ist passiert?« Augen, die so hell wie Quecksilber schimmerten, sahen ihn unbarmherzig an.

Er seufzte, legte die Hände hinter dem Rücken zusammen und wandte sich zum Haus um.

»Ich bin nicht ganz das entmenschte Monster, das du in mir siehst, Mutter. Ich war nahe daran, mich auf unser Treffen zu freuen.«

Sie ging ein paar Schritte schweigend neben ihm. »Schön, dass es dir gut geht, Stefan, sagte sie dann versöhnlich. »Ich werde Marie auftragen, eines der Gästezimmer zu richten, und ...«

»Ich habe nicht die Absicht, zu bleiben, Mutter.«

»Oh«, ein Hauch von Enttäuschung lag in ihrer Stimme. »Nicht einmal die Nacht über? Du musst seit dem frühen Morgen im Sattel gesessen haben, wenn du heute wieder nach Wien zurückreitest, kannst du bestenfalls um Mitternacht dort ankommen.«

Er zuckte die Achseln.

»So viel Mühe für deine alte Mutter?«, meinte sie spöttisch.

Stefan blickte zum Himmel und versuchte, langsam bis zehn zu zählen. Er kam bis sechs. »Ich werde heiraten, Mutter.«

»Ach.« Damit ließ sie ihn stehen und ging zum Haus zurück. Mit ein paar schnellen Schritten holte er sie vor den Stufen der Terrasse ein. Dort wartete ein Dienstmädchen mit einer Porzellanschüssel Wasser, einem Stück Seife und einem Handtuch. Die Gräfin reichte Stefan ihren Hut und wusch sich mit entnervender Gründlichkeit Hände und Gesicht. »Danke Anja, sorg bitte dafür, dass ein zweites Gedeck aufgelegt wird. Mein Sohn bleibt zum Mittagessen.« Sie drehte sich zu ihm um. »Oder hast du deine Mission erfüllt und machst dich gleich wieder auf dem Weg?«

Er fragte sich, wie sie es immer wieder innerhalb von zehn Minuten schaffte, ihn in weißglühende Wut zu versetzen. »Es wird mir eine Freude sein, gemeinsam mit dir zu speisen, Mutter«, presste er durch die Zähne.

Leonora von Winterfeld nickte. »Gut.« Schweigend folgte er ihr durch zwei Salons und den Flur, bis sie im Esszimmer ankamen. Nichts hatte sich seit seinem letzten Besuch verändert. Die Einrichtung des Hauses konnte als behaglich beschrieben werden. Seine Mutter hatte eine Vorliebe für Pastelltöne, dicke Teppiche und zart gewebte Vorhänge, was dem Haus eine typisch weibliche Note gab. Der Gedanke brachte ihn zu seinem eigenen Haus zurück und er dachte, dass sich an der Einrichtung in Zukunft wohl auch etwas ändern würde. Außer, Christina schätzte altmodische, dunkle Eichenmöbel und Brokatdraperien.

»Ich habe mich entschlossen, Schafe zu züchten«, riss ihn die Stimme der Mutter aus seinen Gedanken.

Sie würde sich nicht nach seiner Hochzeit erkundigen, sondern das Thema mit Missachtung strafen. Wenn er darüber reden wollte, musste er anfangen. »Das ist sicher eine gute Idee«, meinte er vage. Zwei Dienstmädchen brachten eine Terrine mit dampfender Suppe und einen Laib Brot.

»Ich habe nicht mit Besuch gerechnet. Es gibt nur Suppe und Kirschauflauf. Auf dem Land lebt man bescheiden.«

Er verkniff sich eine Bemerkung und ließ seinen Teller mit der Gemüsesuppe füllen. »Schafe sind genügsam und sie bringen regelmäßig Wolle. Ich werde mich im Dorf umhören. Es gibt noch keine Weberei und das könnte neue Einkommensmöglichkeiten für die Menschen hier bringen. Am Tredabach liegt ein Stück Land brach und ...«

»Die Hochzeit findet am Dreißigsten statt. Ich würde mich freuen, wenn du nach Wien kommen könntest.« Sie schwieg, aber ihre Finger zerbröselten das Brotstück.

»Du weißt, dass ich nicht nach Wien kommen werde und du weißt auch, warum.«

»Weil ich nicht der Sohn bin, den du dir gewünscht hast«, antwortete er bitter.

»Wenn du es darauf beschränken willst ...«

»Hör doch auf, Mutter. Seitdem Vater tot ist, versuchst du, mich zu seinem Ebenbild zu machen.«

»Nicht, dass es mir gelungen wäre«, sagte sie ebenso bitter. »Eduard wollte, dass du eine militärische Laufbahn einschlägst, und ich hätte es begrüßt, wenn du seinem Wunsch entsprochen hättest. Aber das ist nicht der Grund, warum ich vor fast zwölf Jahren beschlossen habe, mich nicht länger in dein Leben einzumischen.«

»Ja, mein furchtbarer Lebenswandel. Mutter, ich habe nie etwas getan, was andere nicht auch tun.«

»Es ist mir egal, was andere tun oder nicht tun. Von meinem Sohn habe ich erwartet, dass er weiß, was er seinem Namen schuldig ist. Dass er weiß, dass Ehre nicht nur ein leeres Wort ist. Und dass er sein Leben nicht mit Spielen, Herumhuren und Duellen verbringt.«

»Du hast keine Ahnung, was in den letzten Jahren alles passiert ist«, sagte er müde.

»Ich bekomme regelmäßig Besuch und Post aus der Hauptstadt. Und bisher habe ich nichts gehört, was mich zu der Überzeugung bringen könnte, dass sich irgendetwas geändert hat.« Sie schob den halbvollen Teller angewidert von sich. »Oder soll ich deine bevorstehende Eheschließung als Zeichen nehmen? Bei deinem letzten Besuch hast du noch gelacht, als ich dich fragte, ob du daran denkst, zu heiraten und so plötzlich soll sich das geändert haben?«

Er seufzte. »Dinge ändern sich eben.«

Sie musterte ihn aufmerksam. »Hast du eine Tochter aus gutem Haus verführt und dich dabei erwischen lassen? Oder ein Mädchen geschwängert und der Vater hält dir die Pistole an den Kopf?«

Fast hätte er gelacht. »Wenn jemand eine Pistole an den Kopf gehalten bekommt, dann eher meine Zukünftige.«

»Also hast du dich wirklich verliebt?«, fragte seine Mutter ungläubig. Verliebt? Das Wort schien in der Luft hängen geblieben zu sein und er betrachtete es fasziniert, wendete es in Gedanken hin und her. Das würde so manches erklären, sein seltsames Betragen, seit er Christina zum ersten Mal gesehen hatte, die schlaflosen Nächte, seine Rastlosigkeit, seine Sehnsucht, die ihn in den letzten Tagen immer wieder zum Haus ihrer Tante trieb.

Langsam und mit einer für ihn selbst überraschenden Sicherheit sagte er: »Ja, es sieht so aus, als hätte ich mich verliebt.«

Seine Mutter runzelte die Stirn. »Wer ist sie?«

»Christina.« Sogar er selbst hörte die Zärtlichkeit, mit der er den Namen aussprach. »Christina Brenner. Sie ist die Nichte der Gräfin Jacobi. Ihre Mutter war eine Komtess Wanek.«

»Gisela und Erika Wanek?«, fragte die Gräfin von Winterfeld. »Ich erinnere mich. Giselas Mundwerk war berüchtigt, sie hat nie ein Blatt vor den Mund genommen und war das ganze Gegenteil ihrer sanften Schwester. Verarmter Landadel. Gisela hat den Glanz der Familie gerettet, als sie den alten Jacobi geheiratet hat. Aber ich schätze, sie hat sich über die Jahre jeden Kreuzer hart verdient.« Sie verlor sich weiter in der Vergangenheit. »An Erika kann ich mich fast nicht erinnern ... irgendwann ist sie verschwunden ... gerüchteweise durchgebrannt mit einem Taugenichts ... und ihre Tochter willst du heiraten?«

Er nickte.

»Hmm ... die gute Jacobi muss ja vor Freude aus dem Häuschen sein, wenn ihre Nichte einen dermaßen großen Fisch aus dem Teich gezogen hat.« Stefan versuchte, einen unverbindlichen Gesichtsausdruck aufzusetzen, aber die Stirn seiner Mutter glättete sich nicht. »Irgendetwas an deiner rührenden Geschichte stimmt nicht, , ich kann zwar nicht den Finger drauflegen, aber trotzdem.«

»Das heißt, du kommst nicht nach Wien.«

»Genau.«

»Könnte ich dich überreden, wenn ich heute Nacht hierbleibe?«

»Das käme auf den Versuch an.«

6

Der Versuch schlug fehl. Noch bevor Stefan Bergenstein verließ, wusste er, dass seine Mutter ihre Meinung nicht ändern würde. Sie hatte nur die Gelegenheit benutzt, ihn ein paar Stunden länger bei sich zu behalten, um ihm seine Unzulänglichkeiten wieder einmal klar vor Augen führen zu können. Zurück in Wien wurde er von einem in nervlicher Auflösung begriffenen Johann empfangen, der ihm in unzusammenhängenden Sätzen schilderte, dass die Gräfin Jacobi sein Sommerhaus heimgesucht und dort Vorbereitungen für die Feierlichkeiten getroffen hatte. Ein riesiges Zelt, das der letzten Türkenbelagerung Ehre gemacht hätte, war in den Gartenanlagen aufgestellt sowie zusätzliches Personal für Küche und Bedienung der Gäste geordert worden. Die Gästeliste umfasste die halbe Einwohnerschar der Stadt, wie der Kammerdiener jammernd feststellte. Stefan versuchte, ihn zu beruhigen und versicherte ihm, dass er sich höchstpersönlich am nächsten Morgen um alles kümmern werde. Als er an besagtem Morgen mit einer gewissen Neugier beim Sommerhaus ankam, herrschte dort bereits reges Treiben. Unbeachtet schlenderte er durch die offen stehenden Türflügel in den weitläufigen Park, wo tatsächlich ein riesiges, zitronengelbes Zelt aufgebaut worden war. Er hörte die durchdringende Stimme der Gräfin Jacobi, noch bevor er sie sah.

»Hören Sie, guter Mann, wenn ich sage, dass ich hier ein Podium haben will, dann will ich hier ein Podium haben und keine Diskussionen darüber führen. Graf Winterfeld wird ... «

»... Eure Bemühungen zu schätzen wissen, Gnädigste«, unterbrach Stefan sie und bedeutete dem Zimmermann, zu gehen.

»Stefan, rief die Gräfin erfreut und hielt ihm ihre Hand hin. Er zuckte wegen der unerwarteten Vertraulichkeit zusammen und schaffte es gerade noch, sich über ihre Hand zu beugen.

»Gräfin Jacobi«, begrüßte er sie förmlich, aber die Frau lächelte ihn völlig unbekümmert an. »Wir sind doch bald eine Familie, lieber Stefan. Ihr könnt mich unbesorgt beim Vornamen nennen.« Er neigte leicht den Kopf, ohne etwas zu erwidern, was die Gräfin nicht weiter zu stören schien. »Wie besprochen, habe ich mich um alles gekümmert. Die Trauung findet um 14 Uhr in der Augustinerkirche statt, der anschließende Empfang hier im Sommerpalais. Das Menü für das Diner habe ich mit dem Küchenchef besprochen, die Einladungen sind verschickt und zum Teil auch schon bestätigt worden. Die Zimmer für die auswärtigen Gäste stehen bereit. Ach ja, für Eure Mutter habe ich die Suite im Westflügel vorgemerkt.«

Er vergrub die Hände in den Taschen seiner Jacke. »Der Gesundheitszustand meiner Mutter erlaubt keine längere Reise«, entgegnete er und wunderte sich, wie leicht ihm diese Lüge über die Lippen kam.

»Nun, das ist wirklich traurig«, meinte die Gräfin Jacobi bekümmert. »Vielleicht könnt Ihr sie auf der Hochzeitsreise besuchen und bis dahin werde ich mein Bestes geben, sie würdig zu vertreten.« Sie tätschelte seinen Arm und er fragte sich, ob Gott kleine Sünden tatsächlich immer sofort strafte. Dann erreichte das Wort »Hochzeitsreise« sein Gehirn. Daran hatte er nicht gedacht. Außerdem konnte er im Augenblick nicht von hier weg. Nicht nach allem, was er in Budapest herausgefunden hatte. »Wir werden sehen. Ich finde es wirklich großartig, wie Ihr das alles organisiert«, sagte er, weil er zu der Ansicht gelangte, dass es am klügsten war, sie einfach gewähren zu lassen.

»Eigene Kinder waren mir nicht vergönnt und Christina ist meine einzige Nichte. Dieser Tag ist vielleicht alles, was ihr von ihren Träumen bleiben wird«, entgegnete die Gräfin schlicht. »Sie mag mich für ein Ungeheuer halten, aber trotz allem hoffe ich, dass sie irgendwann begreifen wird, dass ich immer nur das Beste für sie wollte.«

»Wie geht es ihr?«, fragte er und wieder einmal stand Christinas ernstes Gesicht vor seinem inneren Auge.

»Sie scheint sich mit der Lage abgefunden zu haben.« Die Gräfin machte eine Pause. »Wenn Ihr allerdings meint, ob sie Euch die letzten Tage vermisst hat, dann muss ich Euch enttäuschen.«

Er nickte. »Das war nicht anders zu erwarten. Ich werde ihr heute einen Besuch abstatten.«

»Sie ist mit ihrer Mutter bei der Schneiderin, am frühen Nachmittag sollten die beiden zurück sein.«

»Das trifft sich gut. Dann werde ich mich jetzt verabschieden, Gräfin«, er verbeugte sich leicht und wurde mit einem huldvollen Nicken entlassen.

Als er beim Haus der Gräfin Jacobi ankam, teilte ihm der Diener mit, dass Frau Brenner und ihre Tochter jeden Moment zurück erwartet wurden. Man geleitete ihn in einen kleinen Salon und reichte ihm Erfrischungen. Tatsächlich hörte er kurz darauf Stimmen und sprang auf, um die beiden nicht auf ihre Zimmer entwischen zu lassen. Die Frauen standen im Foyer und die Diener nahmen gerade Mäntel und Hüte entgegen, als er dazukam.

»Frau Brenner, gnädiges Fräulein, wie schön, Euch wohlauf zu sehen.« Christina drehte ihm den Rücken zu und er merkte, wie sie sich bei seinen Worten versteifte. Während er die Mutter begrüßte, drehte sie sich langsam um. Die Hand, die sie ihm reichte, steckte noch immer in einem dünnen Glacéhandschuh. Er entschloss sich, großzügig darüber hinwegzusehen und zog sie an die Lippen.

»Graf Winterfeld.« Ihre Stimme klang kühl.

»Ich hatte die Absicht, Euch zu einer Ausfahrt in die Rossau einzuladen«, begann er betont munter und erstickte ihre Ablehnung, noch bevor Christina sie aussprechen konnte. »Aber natürlich verstehe ich, dass Ihr nach diesem anstrengenden Vormittag zu müde dafür seid.« Sie legte den Kopf zur Seite und zog misstrauisch die Augenbrauen zusammen. »Deshalb möchte ich Euch bitten, mich morgen Abend zu einer Redoute beim Fürsten Schwarzenberg zu begleiten. Selbstverständlich gilt diese Einladung auch für Euch, gnädige Frau und für die Gräfin Jacobi.«

Christinas Mutter strahlte über das ganze Gesicht. »Natürlich nehmen wir diese Einladung gerne an, lieber Graf Winterfeld. Es wird uns eine Freude sein, Euch zu begleiten«, entgegnete sie und blinzelte ihrer Tochter verschwörerisch zu. »Und jetzt werde ich den Turteltäubchen Gelegenheit geben, ein paar ungestörte Minuten miteinander zu verbringen.« Mit diesen Worten eilte sie die Treppe hinauf und verschwand hinter einer der Türen. Christina verdrehte die Augen und verschränkte die Arme vor der Brust. Sie warf einen Blick zu, der ihr Missfallen auch ohne Worte ausdrückte und ging zu einem der Fenster hinüber, um aus der Hörweite, der geschäftig herumwieselnden Diener zu gelangen.

»Ich habe nicht die Absicht, Eure Einladung anzunehmen. Ihr könnt die Redoute gerne mit meiner Mutter und meiner Tante besuchen.«

Er war neben sie getreten und obwohl er sich geschworen hatte, sein Temperament zu zügeln, wallte Ärger in ihm auf. »Christina, Ihr könnt mir nicht immer aus dem Weg gehen, wir wollen heiraten, denkt Ihr nicht ...«

»Ich habe aufgehört zu denken, seit meine Tante mich verschachert hat«, unterbrach sie ihn kalt. »In neun Tagen werde ich Eure Frau. Ab diesem Zeitpunkt muss ich mein restliches Leben mit Euch verbringen, aber ich habe nicht die Absicht, auch nur eine Minute früher damit zu beginnen.«

»Es gibt keine offizielle Verlobung. Wir sollten uns gemeinsam sehen lassen, Christina. Die Gesellschaft ...«

Sie schnippte mit den Fingern. »Ich gebe soviel auf die Gesellschaft. Nach deren Ansicht bin ich bereits bloßgestellt. Und es ist Euer Name, der das wieder in Ordnung bringen soll.« Im Gegensatz zu ihrem ersten Gespräch, in dem sie ihm nahezu gleichgültig gegenübergestanden hatte, spürte er heute ihre Ablehnung hinter jedem einzelnen Wort. Und das tat weh und zwar mehr, als er sich je vorgestellt hatte.

»Haltet Ihr es für klug, uns zu Gegnern zu machen?«

Sie lachte ein trockenes, verletzendes Lachen. »Zu machen?«, wiederholte sie. Er war knapp daran, sie an den Schultern zu packen und zu schütteln. Dann sah er in ihre Augen, und sah all die geweinten und ungeweinten Tränen darin. Ihr Schmerz löschte den seinen aus und bohrte sich wie ein Messer in sein Herz. Langsam trat er einen Schritt zurück.

»Also treffen wir uns erst in der Kirche wieder.«

Sie nickte wortlos.

»Gebt mir Eure Hände«, bat er, da sie sich noch immer an ihren Oberarmen festhielt. Zögernd ließ sie die Arme sinken und er griff danach. Geschickt löste er die kleinen Perlmuttknöpfe der Handschuhe und streifte das dünne Leder von ihren Fingern. Dann hielt er ihre kalten Hände in den seinen. Nach einer Ewigkeit hob sie den Kopf und sah ihn an. »Es wird alles gut werden«, flüsterte er sanft und hoffte, dass in seinen Worten mehr Hoffnung mitschwang, als er in diesem Moment empfand.

7

»Es wird alles gut werden.« Der Satz verfolgte Christina die nächsten acht Tage. Ebenso wie der Mann, der sie ausgesprochen hatte. Sie schlief schlecht, wälzte Pläne, die vor allem darum kreisten, bei Nacht und Nebel aus Wien zu verschwinden und fühlte sich tagsüber wie gerädert. Das Vorhaben, einfach wegzulaufen gab sie auf, da sie schlicht und ergreifend nicht wusste, wohin. Axel konnte weiß Gott wo sein, und selbst wenn sie ihn aufspürte ... er hatte unmissverständlich klargestellt, dass er an ihr nicht interessiert ist. Wenn sie sich mit Sack und Pack ins Ungewisse aufmachte, bestand die Möglichkeit, dass man sie fand und ihr Abenteuer im Stift für vornehme Fräulein endete. Schließlich hatte Tante Gisela deutlich ausgesprochen, dass ihr Interesse am Wohlergehen ihrer Nichte ein eher geringes war. Ihre Mutter dagegen wurde nicht müde, immer wieder zu betonen, wie sehr man Gisela für alles dankbar sein müsse, da ansonsten ein ungewisses Schicksal über allen hing. »Alle«, das war vorrangig sie – Erika - selbst, wie Christina bitter dachte. Es gab niemanden, der sie wirklich wollte. Mit einer einzigen Ausnahme und diese Ausnahme hieß Stefan Winterfeld. Gleichgültig, was seine Motive auch sein mochten, der Mann war bereit, sie zu heiraten und sein Leben mit ihr zu teilen. Und das war mehr, als man von allen anderen Menschen in ihrem Leben behaupten konnte.

Wenn er nur nicht so ... so, sie suchte nach dem passenden Wort, während sie ihr Haar bürstete, ungreifbar wäre. Ungreifbar, das traf es. Sie bekam kein klares Bild von ihm. Die Erzählungen von Axel und ihrer Tante standen auf der einen Seite und sein erster Auftritt ihr gegenüber passte auch nahtlos dazu. Unverschämt, arrogant, eingebildet. Aber als er sie zu der Schwarzenberg-Redoute eingeladen hatte, überkam sie das unbestimmte Gefühl, dass er sie nicht nur einlud, um sich in der Öffentlichkeit mit ihr zu zeigen, sondern weil er gerne mit ihr zusammen sein wollte. Und dass ihn ihre Ablehnung wirklich getroffen hatte. Doch er war nicht wieder vorbeigekommen, um sie zu besuchen oder zu einer gemeinsamen Ausfahrt einzuladen. Was ihr natürlich nur deshalb auffiel, weil Tante Gisela dauernd erwähnte, dass schon wieder ein Tag vergangen war, ohne dass der Graf seine Aufwartung gemacht hätte. Sie selbst verschwendete an sein Erscheinen oder Nichterscheinen keinen Gedanken. Absolut keinen. Müde streifte sie den dünnen Seidenmantel ab und setzte sich aufs Bett. Ihr Zimmer wirkte kahl. Alle ihre persönlichen Sachen waren bereits in das Haus des Grafen Winterfeld geschafft worden. Sie hatte es bisher nur von außen gesehen. Aber morgen würde sich das ändern. Ab morgen war sie die Gräfin Winterfeld. Und würde es für den Rest ihres Lebens bleiben. Die Kerze auf dem Nachtkästchen flackerte und Christina beugte sich vor, um sie auszublasen. Ein leises Klopfen an der Tür ließ sie innehalten. Das Gesicht ihrer Mutter erschien im Türspalt, ehe sie zögernd das Zimmer betrat. In der Hand hielt sie ein Glas mit einer milchigen Flüssigkeit.

»Christina ... «, begann sie unsicher. »... ich wollte dir ein Glas Laudanum für deine letzte Nacht bringen.«

»Mutter, das hört sich an, als wäre ich morgen tot«, antwortete Christina betont heiter. »So schlimm wird es schon nicht kommen.«

»Natürlich nicht, du hast Recht«, entgegnete Erika und setzte sich auf das Bett. Sie streckte die Hand aus und berührte ihre Tochter sanft an der Wange. Dann schlang sie die Finger in ihrem Schoß ineinander und blickte darauf.

Christina runzelte die Stirn. »Wenn du mit mir das obligate Mutter-Tochter Gespräch vor der Hochzeit führen willst, dann kann ich dich beruhigen. Ich bin informiert.«

Erika blickte misstrauisch auf. »Woher?«

Christina dachte kurz darüber nach, ob ein kurzer schneller Tod für Tante Gisela in Anbetracht der Umstände angemessen war und seufzte dann. »Bücher, Mutter. In den Häusern, in denen du gearbeitet hast, standen sie in großer Zahl zur Verfügung und nicht immer habe ich mich auf deine Auswahl beschränkt.«

Erika nickte. »Gut, was soll ich dir dann sagen, Kind? Dass ich dir Glück wünsche? Würdest du mir glauben, dass ich gehofft hatte, dass es anders kommt? Dass du dir selbst den Mann aussuchen kannst, mit dem du dein Leben verbringen wirst?«

Die Ernsthaftigkeit in der Stimme ihrer Mutter überraschte Christina. Sie hatte nicht damit gerechnet, dass sich ihre Mutter so viele Gedanken über die ganze Sache machte. Nicht, nachdem sie, ebenso wie Gisela, auf diese Heirat gedrängt hatte. Aber jetzt saß sie neben ihr und machte Anstalten in Tränen auszubrechen, dabei würde sich an ihrem eigenen Leben nichts ändern.

»Ja, Mutter ich glaube dir. Aber es liegt nicht immer in unserer Macht, die Dinge zu verändern oder so zu gestalten, wie wir sie gerne hätten.« Sie beugte sich vor und umarmte ihre Mutter. »Tante Gisela hat sicher Recht. Winterfeld ist nicht schlimmer als all die anderen. Du wirst sehen, es wird alles gut werden.« Noch bevor sie das letzte Wort ausgesprochen hatte, erstarrte sie. Sie spürte wieder die warmen Hände, die die ihren festhielten und den intensiven Blick aus grünen Augen.

Die Schultern ihrer Mutter bebten. »Ach, Kind, ich wünschte ...«

»Pssst«, wisperte Christina und drückte die schmale Gestalt fester an sich. »Mach dir keine Sorgen um mich. Und ich glaube, es ist besser, du trinkst das Laudanum. Du hast es sicher nötiger.« Sie griff nach dem Glas und reichte es ihrer Mutter, die es mit zitternden Fingern entgegennahm. Ohne abzusetzen, trank sie das Glas leer und hielt es dann in der Hand, während sie mit der anderen die Tränen von ihren Wangen wegwischte.

»Christina, wir beide besitzen etwas, was nur wenige Menschen besitzen. Die Erinnerung daran, geliebt zu haben. Glaub mir, es wird dir helfen, die kalten einsamen Nächte zu überstehen. Die Erinnerung daran, wie ein Lächeln den dunkelsten Tag erstrahlen oder eine Berührung dein Herz schneller schlagen ließ. Und das kann dir niemand wegnehmen, mein Kind. Niemand kann dich aus dem Reich der Erinnerung vertreiben.« Sie küsste ihre Tochter auf die Stirn und stand auf. »Schlaf, mein Mädchen. Der morgige Tag wird anstrengend genug werden.« Christina sah ihr nach, bis sich die Tür hinter ihr geschlossen hatte. Dann blies sie die Kerze aus und rollte sich auf dem Bett zusammen. Ihre Mutter hatte ihr zweifellos Mut und Zuversicht schenken wollen. Ganz sicher war es nicht ihre Absicht gewesen, sie zum Weinen zu bringen, aber die Tränen flossen unaufhaltsam und ihr Körper wurde vom Schluchzen geschüttelt. So sehr sie es auch versuchte, sie konnte sich nicht beruhigen. Immer wieder echote die Stimme ihrer Mutter in ihrem Kopf und je öfter sie die Worte hörte, desto mehr kam sie zu der Überzeugung, dass sie der Wahrheit entsprachen. Sie war gerade neunzehn Jahre alt, und alles, was ihr im Leben blieb, waren Erinnerungen.

8

Der nächste Morgen tauchte den gesamten Jacobi'schen Haushalt in fieberhafte Betriebsamkeit. Jeder schwatzte gut gelaunt drauf los, aber niemand wunderte sich über Christinas Schweigen. Als Braut hatte sie alles Recht der Welt, launisch zu sein. Man brachte ihr das Frühstück ans Bett; schleppte eine riesige Kupferwanne in ihr Zimmer, eimerweise heißes Wasser; duftende französische Seife und vorgewärmte Handtücher. Giselas persönliche Zofe überwachte die Prozedur des Ankleidens, bürstete das Haar der Braut, bis es glänzte und steckte es mit geübtem Griff hoch. Das Mieder wurde so fest um das junge Mädchen geschnürt, dass man ihre Taille mit zwei Händen umfassen konnte, dafür fiel der Rock über eine Krinoline, die so breit war, dass Christina sich zur Seite drehen musste, um durch die Türen zu gehen. Nachdem sie fertig angekleidet war, hüllte man sie in ein riesiges Laken, um das Kleid sauber zu halten und die Mädchen begannen damit, Christinas Haar mit Puder zu bestäuben, was eine schier endlose Prozedur darstellte. Nachdem auch das erledigt war, verteilte eine andere Zofe weiße Paste auf ihrem Gesicht und umrandete ihre Augen mit einem Kohlestift. Ihre Wangen wurden mit Rouge betupft und ihre Lippen leuchtend rot bemalt. Als sich Christina im Spiegel betrachtete, erkannte sie sich nicht und empfand diese Tatsache als reine Wohltat. So konnte sie sich vormachen, dass nicht sie selbst diesen Weg einschlug, sondern jemand anders - sie blieb nur ein teilnahmsloser Zuschauer. Gisela betrat das Zimmer und betrachtete ihre Nichte wohlwollend.

»Du siehst wirklich bezaubernd aus, Zissi. Ganz bezaubernd.« Sie öffnete die große viereckige Schatulle, die sie in der Hand hielt. »Und das hier ist die Krönung deiner Schönheit.« Die Zofen quiekten vor Begeisterung als sie das Kollier mit den Ohrgehängen und der Brosche sahen. Gisela nahm das Geschmeide mit großer Geste aus dem Etui und hielt es hoch. Ornamentartige, mit Brillanten besetzte Ranken aus Weißgold liefen um einen einzelnen, haselnussgroßen Rubin. Ehrfürchtiges Schweigen kehrte ein, als Gisela ihrer Nichte das Kollier umlegte. »Das sind die Winterfeld Juwelen. Stefan hat sie gestern vorbeibringen lassen.« Christina sah gleichgültig in den Spiegel. Wenigstens waren die hoch gepressten Brüste damit etwas bedeckt. Mehr fiel ihr dazu nicht ein. Eine immer größer werdende Abgestumpftheit bemächtigte sich ihrer, die alle anderen Empfindungen aufsaugte. Ein Mädchen brachte den Schleier, der mit glitzernden Nadeln in Christinas Frisur befestigt und zusätzlich mit der Brosche an der Schulter des Kleides fixiert wurde. Handschuhe und weiße Satinschuhe vervollständigten ihren Aufzug. Im zweiten Anlauf schaffte es Christina, das Zimmer zu verlassen, ohne mit dem Reifrock irgendwo hängen zu bleiben. Vorsichtig balancierte sie die Treppe hinunter, da die Krinoline schwankte unter dem schweren Stoff wie ein Schiff in Seenot.

Ihre Tante und ihre Mutter erwarteten sie in der Halle. Beide hatten sich neue Roben schneidern lassen und trugen mit Federn und künstlichen Blumen verzierte Hüte, Gisela in ihrer Lieblingsfarbe Purpur und Erika in Pastellgrün. Mit einiger Mühe fanden alle drei Frauen in der bereitstehenden Kutsche Platz. Sonntagnachmittag rollten nur wenige Fuhrwerke durch die Straßen und Gassen der Stadt. Erst vor der Kirche sahen sie einen Konvoi aus unzähligen Kutschen und Kaleschen. Gisela stieg aus und befahl den anderen, zu warten. Sie wollte sicher gehen, dass auch wirklich alles perfekt vorbereitet worden war.

Christina spürte, wie ein hysterischer Lachanfall in ihr aufstieg. Was, wenn alles nur ein gigantischer Betrug gewesen war? Wenn Winterfeld gar nicht die Absicht hatte, sie zu heiraten, sondern mit seinen Freunden irgendeine idiotische Wette abgeschlossen hatte? Wetten gehörten zum Lieblingszeitvertreib der vornehmen Welt. Was, wenn man sie heute zum zweiten Mal sitzen ließ?

»Du kannst aussteigen, Zissi, alles ist bereit und wartet nur auf dich«, sagte Gisela da und beugte sich in die Kutsche, um den zusammengefalteten Schleier vorsichtig hochzuheben.

»Ist er da?«, fragte Christina mit zitternder Stimme und die Tante sah sie indigniert an.

»Natürlich ist er da. Hast du geglaubt, Winterfeld ist so ein charakterloser Windhund wie Rödern?«

Christina senkte den Kopf und konzentrierte sich darauf, aus der Kutsche zu steigen. Nach einigen Schritten stand sie auf einem dunkelroten Teppich, der direkt in das Kirchenschiff führte. Gisela kam mit einem hoch gewachsenen grauhaarigen Mann auf sie zu.

»Zissi, ich darf dir Baron Sewers vorstellen, ein guter Bekannter von mir. Er wird dich zum Altar führen, da dein Vater ja bedauerlicherweise ... vermisst wird.«

Der Baron verbeugte sich. »Gnädiges Fräulein, es ist mir eine Ehre.« Sie legte ihre Hand auf seinem Arm und gemeinsam gingen sie auf das Portal zu. Zahlreiche schaulustige Zaungäste hatten sich versammelt und auch die Kirche selbst war bis auf den letzten Platz gefüllt. Ohrenbetäubende Orgelmusik setzte ein, sobald sich die Tore hinter Christina und dem Baron geschlossen hatten. Langsam schritt sie am Arm des Brautführers den Mittelgang hinunter. In der Kirche war es angenehm kühl. Das Sonnenlicht ließ die bunten Glasfenster leuchten und Staubteilchen flimmerten in den Lichtstrahlen wie Sternschnuppen. Der Duft von Weihrauch, Lilien und Wachs hing in der Luft. Alles schien so unwirklich wie in einem Traum. Lächerliche Kleinigkeiten drängten in Christinas Bewusstsein: dass die Kerze an der Stirnseite einer Bank ausgegangen war oder dass jemand sein Gebetbuch verkehrt herum hielt. Die Orgel setzte zu einem Crescendo an und Christina wurde bewusst, dass sie nur mehr wenige Schritte vom Altar und ihrem zukünftigen Mann trennten. Er war eine Symphonie in Weiß und Gold. Hochhackige weiße Seidenschuhe mit einer Goldschnalle, weiße Kniehosen und eine ebenfalls weiße, mit reichlich Goldstickerei verzierte Jacke, unter der eine goldfarbene Satinweste schimmerte. Fein geklöppelte Spitzen fielen über seine Hände und wiederholten sich bei dem duftigen Jabot, in dem eine kirschgroße, goldgefasste Perle glänzte. Er sah ihr entgegen, und nicht das kleinste Lächeln spielte dabei um seine Lippen. Sie war froh, dass der Schleier ihr eigenes Gesicht verbarg, so konnte keiner sehen, wie sie unter seinem intensiven Blick errötete. Er streckte die Hand aus und der Baron Sewers legte ihre hinein. Sogar durch ihre Handschuhe spürte Christina seine Wärme und erinnerte sich daran, wie geschickt er sie ihr das letzte Mal ausgezogen hatte.

»Es wird alles gut werden.« Sie hob ruckartig den Kopf, konnte aber nicht feststellen, ob er die Worte tatsächlich ausgesprochen hatte, oder ob ihr überreizter Verstand ihr einen Streich spielte. Sie knieten sich nebeneinander auf eine rote Samtbank mit vergoldeten Handstützen. Der Priester sprach einleitende Worte, die Orgel spielte wieder und die eigentliche Messe begann. Christina murmelte zwar die Gebete mit, aber ihre Gedanken machten sich selbständig und fast hätte sie ihren Einsatz bei der eigentlichen Zeremonie verpasst.

»Und so frage ich dich, Christina Maria Brenner, ob du willens bist, den hier anwesenden Alexander Clemens Quirin Graf von Winterfeld zu deinem Mann zu nehmen. Ihn zu ehren, zu lieben und ihm zu gehorchen, bis dass der Tod euch scheidet.«

Christina hob den Kopf und sah den Mann neben sich an. Ihre Stimme bebte, als sie leise erwiderte: »Ja, ich will.«

Der Geistliche wandte sich an den Grafen und wiederholte die Worte, natürlich ohne jene Stelle, die Gehorsam forderte, und einer der Ministranten näherte sich mit einem Silbertablett, auf dem zwei Ringe lagen. Sobald Christina seiner ansichtig wurde, begann sie hektisch an ihrem Handschuh zu zerren, um ihn selbst abzustreifen. Graf Winterfeld griff nach dem Ring und nahm ihre Hand. Seine Finger strichen über die ihren in einer federleichten Liebkosung, die Christinas Atem stocken ließ und sie fragte sich ärgerlich, warum er nicht einfach tun konnte, was zu tun war. Sobald der Ring an ihrem Finger steckte, zog sie die Hand blitzschnell zurück und versteckte sie in den Falten des Kleides.

Dann merkte sie, dass der Ministrant das Tablett jetzt zu ihr hielt. Sie war erst bei einer einzigen Hochzeit zu Gast gewesen und damals hatte nur der Mann der Frau einen Ring angesteckt. Sie wusste nicht, ob es üblich war oder ein Vorrecht des Adels. Im Moment war das gleichgültig, also griff sie nach dem Ring. Er entglitt ihren Fingern und fiel scheppernd zurück auf das Silbertablett.

Das Geräusch hallte in der Stille der Kirche wie die Posaunen von Jericho. Beim zweiten Versuch hielt sie den Ring endlich in ihren Fingern. Ihr Blick huschte zu dem Gesicht des Mannes, der im Begriff stand, ihr Ehemann zu werden. Seine Augenbraue rutschte unmerklich nach oben. Christina spürte, wie die Hitze in ihr Gesicht zurückkehrte und wartete darauf, dass er ihr seine Hand entgegenstreckte. Sekunden verrannen, dehnten sich zu Ewigkeiten. Schließlich griff sie nach seiner Hand, entschlossen, es so kurz wie möglich zu machen. Aber sie musste zuerst die Spitzen über sein Handgelenk zurückstreifen und seine Finger auseinander spreizen, bevor sie den Ring anstecken konnte. Seine Finger waren lang und besaßen kurz geschnittene, polierte, aber ungefärbte Nägel. Sie sah, dass ihre eigene Hand zitterte und schob den Ring energisch weiter. Am Knöchel blieb er stecken und auf Christinas Stirn erschienen Schweißtröpfchen. Mit roher Gewalt bog sie seinen Finger gerade und zwängte den Ring bis zum Anschlag darüber.

Neben ihr sagte der Priester: »Und so erkläre ich Euch im Angesicht Gottes für Mann und Frau. Was Gott verbunden hat, das soll der Mensch nicht trennen.« Die Worte rauschten an ihr vorbei, weil der Graf nach ihrer Hand gegriffen hatte und sie jetzt an seine Lippen hob. Sie ahnte die Berührung mehr, als dass sie sie spürte. Durch den dünnen Schleier blickte sie ihn an und die Zärtlichkeit, mit der er sie betrachtete, nahm ihr den Atem. Er sah sie an, als wäre sie etwas unbeschreiblich Kostbares und nicht die Tochter einer Gouvernante, deren erster Bräutigam sich entschlossen hatte, sein Glück woanders zu suchen.

Das Räuspern des Geistlichen riss sie aus ihren Gedanken. Der Graf, der jetzt ihr Ehemann war, griff nach dem Saum des Schleiers, der bis zu ihrer Taille fiel, und schlug in mit einer Handbewegung zurück. Jeglichen Schutzes beraubt machte Christina unwillkürlich einen Schritt zurück. Aber da er ihren Arm festgehalten hatte, kam sie nicht weit. Er zog ihre Finger unter seinem Ellbogen durch und drehte sich mit ihr zu den Hochzeitsgästen um.

Christinas Blick fiel auf ihre Tante und ihre Mutter, die beide heftig schluchzten. Zum ersten Mal fiel ihr auf, dass die Mutter des Grafen, seiner Schilderung nach die einzige enge Verwandte von ihm, nicht bei der Trauung anwesend war und beschloss, ihn später danach zu fragen. Sie schritten gemeinsam zum Portal der Kirche, vor dem eine Kutsche mit dem Winterfeldwappen war-

tete. Zahlreiche Hände halfen ihr beim Einsteigen, dann wurden
die Türen geschlossen und sie war mit ihrem Mann allein.

9

Stefan betrachtete seine Frau. Meine Frau. Genussvoll wiederholte er in Gedanken die beiden Worte. Ihre Finger beschäftigten sich damit, die Falten des Kleides zu ordnen, da sie scheinbar nicht in der Lage war, sie ruhig zu halten. Noch immer steckten sie in Handschuhen, aber er wusste, dass sie darunter seinen Ring trug. Er bewegte unauffällig die Finger seiner linken Hand. Es entsprach nicht der herrschenden Mode, dass Männer Eheringe trugen, aber sein Vater hatte es getan und nach seinem Tod trug seine Mutter beide Ringe. Die Bedeutung hatte er erst nach seinem letzten Besuch bei ihr im ganzen Ausmaß begriffen. Die achtzehn Jahre, die sie miteinander verbringen durften, waren glückliche Jahre gewesen und sie würde keinen anderen Mann mehr in ihr Leben lassen. Die Sehnsucht, mit Christina ebenso glücklich zu werden, hatte ihn bewogen, zwei Eheringe anfertigen zu lassen. Bei Licht betrachtet war es dumm, idiotisch sogar. Was konnten Ringe schon bewirken? Nichts. Aberglauben das Ganze. Und fast hätte ihm Christina vorhin den Finger gebrochen. Was eine Art ausgleichende Gerechtigkeit gewesen wäre. Er hatte ihr alles genommen, was sie sich gewünscht hatte. Aus einer Laune heraus, geboren aus reiner Selbstüberschätzung. Sie liebte ihn nicht. Sie mochte ihn nicht einmal. Verwirrung, Angst, Unsicherheit. Das konnte er aus ihren Gesten lesen, aber da war nicht der Hauch eines herzlicheren Gefühls für ihn. Was hatte er sich dabei gedacht? Was hatte er sich dabei gedacht, Gott zu spielen? Er wandte den Blick von Christinas geschäftigen Fingern ab. Wenn er es darauf anlegte, würde er sie in sein Bett bekommen, diesbezüglich hegte er nicht die geringsten Zweifel. Sie war jung und unerfahren, und hatte nichts, was sie ihm entgegensetzen konnte. Aber mittlerweile genügte ihm das nicht mehr. Er wollte, dass sie ihn liebte, dass ihre Augen vor Freude aufleuchteten, wenn sie ihn sah, dass sie auf ihn zulief und ihn umarmte; dass sie ihre Lippen auf die seinen presste und seine Küsse mit der gleichen Leidenschaft erwiderte, die er empfand. Er war ein Narr. Oder zumindest auf dem besten Weg dorthin.

Mit einem Seufzer vergrub er die Hände in den Taschen der Jacke und berührte dabei sein Geschenk für Christina. Sollte er es ihr jetzt schon geben? Besser nicht. Sie würden gleich am Rennweg ankommen und von Dutzenden Menschen umringt werden. Er wünschte, die Kutsche könnte einfach weiterfahren, irgendwohin, wo er allein mit Christina wäre; wo er ihr erklären könnte, was er getan hatte, und sich ihr zu Füßen werfen, um ihre Vergebung zu erflehen. Und sie würde ihm vergeben und ihm ihrer Liebe versichern und sie würden glücklich bis an ihr Lebensende sein. Er war ein Narr, denn diesen Ort gab es nur in seiner Fantasie.

Die Kutsche hielt und die Türe wurde geöffnet. Er stieg als Erster aus und half, gemeinsam mit den bereitstehenden Dienstboten, das Kleid und den Schleier soweit zu bändigen, damit Christina aussteigen konnte. Im Foyer hatte das gesamte Personal Aufstellung genommen, vom Haushofmeister bis zur Küchenmagd. Besagter Haushofmeister trat einen Schritt vor.

»Gräfin Winterfeld, im Namen dieses Haushaltes möchte ich Euch willkommen heißen und Euch unsere Glückwünsche darbringen.« Er verbeugte sich schwungvoll und trat wieder in die Reihe zurück.

Christina lächelte und ging auf ihn zu.

»Ich danke Ihnen, ...«

»Rossacker, Ferdinand«, sagte der Mann schnell, »Majordomus.«

»Ich danke Ihnen, Ferdinand, und auch allen anderen für das Willkommen und die Glückwünsche. Ich bin sicher, dass das Gelingen dieses Festes ohne Ihre Unterstützung nicht möglich geworden wäre.« Die ernsten Gesichter hellten sich langsam auf, als Christina an der langen Reihe entlang schritt und jedem Einzelnen die Hand schüttelte. Stefan ging hinter ihr und Stolz wallte in ihm auf. Sie konnte sich unmöglich alle Namen merken, aber die Geste machte auf die Bediensteten zweifellos Eindruck und er spürte, wie ihr die Herzen zuflogen. Sie war wirklich ein Diamant unter Kieselsteinen, und zum ersten Mal dachte er, dass Rödern damit etwas anderes als ihre Schönheit gemeint haben könnte.

Die Gäste hatten sich bereits in dem riesigen Zelt eingefunden und labten sich an den Erfrischungen. Applaus brandete auf, als das Brautpaar sich zu ihnen gesellte. Binnen Kurzem umringten sie schnatternde Menschen, die ihnen Glück und ein langes Leben wünschten. Viele von ihnen waren Christina schon vorgestellt worden, die anderen suchten ohne Scheu ihre Bekanntschaft. Es gab kein Getuschel und keine scheelen Blicke, wie Stefan erleichtert feststellte. Die Gräfin Jacobi hatte die Gäste gut zusammengestellt, das musste man ihr lassen. Sicherheitshalber blieb er die ganze Zeit über an Christinas Seite, aber in dieser Gesellschaft brauchte sie seine Hilfe nicht und er begann, sich zu entspannen.

»Herzbewegend das Ganze, Stefan, wirklich herzbewegend«, sagte Rudolf neben ihm und hielt im ein volles Glas Champagner entgegen. »Hätte fast Lust, es dir gleich zu tun.«

»Ich bin sicher, Christina leiht dir ihre Tante, wenn es soweit ist.«

»Ja, die alte Jacobi hat gute Arbeit geleistet. Eine geplatzte Verlobung, eine überstürzte Heirat, und trotzdem hat sie eine eindrucksvolle Gästeschar zusammenbekommen«, sinnierte Rudolf weiter.

Christina beendete ihr Gespräch mit Gräfin Preist und sah sich suchend um, ehe sie zu den beiden Männern trat.

»Christina, Rudolf Baron von Krieglach, ein guter Freund.« Sie streckte ihm anmutig ihre Hand entgegen und er beugte sich darüber.

»Erfreut, Eure Bekanntschaft zu machen, Gräfin. Betrachtet mich als Euren ergebenen Diener.«

»Ihr kennt mich ja noch gar nicht, Baron.«

»Die Lobgesänge, die Euer Mann über Euch anstimmt, hallen durch die Gassen von Wien. Und jetzt, da ich Euch persönlich kenne, muss ich sagen, sie werden Euch nicht im Mindesten gerecht.«

Ein scheuer Blick traf Stefan und es gelang ihm, fröhlich zu erwidern: »Wenn du anfängst, mit meiner Frau zu tändeln, bist du die längste Zeit mein Freund gewesen.« Er wedelte theatralisch mit der Hand. »Geh, und such dir jemanden, an den deine süßen Worte nicht verschwendet sind.«

Rudolf lachte und verbeugte sich nochmals vor Christina. »Da Ihr Euren Hochzeitstag wohl kaum durch ein Duell entehrt sehen wollt, werde ich mich jetzt zurückziehen. Aber rechnet mit mir, sobald der Ball eröffnet ist.«

Stefan blickte ihm nach, wie er in der Menge verschwand und wandte sich dann wieder zu Christina. Sie betrachtete ihr leeres Glas. Er nahm es ihr aus der Hand und reichte ihr stattdessen sein eigenes.

»Alles in Ordnung?«

Sie nickte.

»Wenn es in Ordnung ist, dass ich meine Füße seit der letzten Stunde nicht mehr spüre.«

Er zog eine goldene Taschenuhr aus seiner Weste. »Das Diner sollte jeden Moment so weit sein. Damit gibt es ein paar Stunden Verschnaufpause bis zum großen Tanz.«

Wieder traten Gäste auf sie zu, um zu gratulieren und der kurze Moment der Nähe war dahin. Erst jetzt fiel auf, dass – im Gegensatz zu der Verlobungsfeier – keine Mädchen in Christinas Alter eingeladen worden waren. Er nahm an, dass das Fest deshalb zusehends anstrengend für seine Frau wurde, denn obwohl sie gleichmäßig freundlich zu allen war, schien das Lächeln auf ihrem Gesicht festgefroren zu sein. Haushofmeister Ferdinand verkündete schließlich den Beginn des Diners und alle strebten zurück ins Haus. Im Bankettsaal wartete eine riesige, prächtig geschmückte Tafel auf die Hochzeitsgesellschaft. Zwischen zartem, fein bemaltem Porzellan leuchteten Sommerblumen in allen Farben und das Kerzenlicht spiegelte sich in den Kristallgläsern. Livrierte Diener servierten einen Gang nach dem anderen und die Zeit flog dahin. Stefan unterhielt sich abwechselnd mit seiner Tischdame, der Fürstin Esterhazy und seiner Frau. Obwohl sie in der Zwischenzeit den Champagner mit Wasser vertauscht hatte, röteten sich ihre Wangen und ihr Lachen klang gelöster als noch vor ein paar Stunden. Auch den Schleier hatte sie mittlerweile abgelegt und somit kam er in den Genuss, die perfekte Linie ihres Nackens und ihrer Schultern zu bewundern. Die Diamanten des Kolliers funkelten bei jedem Atemzug auf ihrer weißen Haut und sein Blick glitt zu ihren Brüsten, die durch die Korsage des Kleides nach oben gepresst wurden.

Im gleichen Moment wandte Christina ihm ihr Gesicht zu und das Lächeln auf ihren Lippen erstarrte. Mit einer hastigen Geste versuchte sie, ihr Dekolleté mit der Hand zu bedecken, begriff aber schnell die Sinnlosigkeit dieses Unterfangens und ließ die Hand in ihren Schoß fallen. Ihr Gesicht glühte. Er konnte nicht anders, er musste nach ihrer Hand greifen. Langsam zog er sie an seinen Mund. Sie zitterte wie ein gefangener Vogel. Gerne hätte er etwas gesagt, ihr Verständnis und Trost gespendet, aber sie presste nur die Lippen zusammen und sah ihn mit jenem Ausdruck an, mit dem man seine Schuhe betrachtet, nachdem man in unaussprechliche Substanzen getreten war. Er ließ ihre Hand wieder los und wandte sich an seine andere Tischdame. Christina würdigte ihn während der Mahlzeit keines weiteren Blickes mehr. Erst als die Tafel aufgehoben wurde und man in den Ballsaal wechselte, legte sie die Hand auf seinen Arm, sah ihn jedoch noch immer nicht an. Das Orchester stimmte ein Menuett an und nach altem Brauch eröffnete das Brautpaar den Tanz. Er merkte, dass sie sich weder um Eleganz noch um Anmut bemühte, sondern einfach die vorgeschriebenen Figuren und Schritte absolvierte, um ihm klar zu machen, dass sie nicht den geringsten Spaß an der Sache hatte. Sie starrte ihn mit einer Mischung aus Arroganz und Langeweile an, die ein Lächeln auf sein Gesicht zauberte.

»Madame, Sie sind ganz unwiderstehlich«, säuselte er, als die Schritte sie wieder zusammenführten. Ein Ausdruck von Überraschung flog über ihre Züge und sein Lächeln vertiefte sich, als sie mit dem nächsten Schritt aus dem Takt kam. Die Musik endete und nach den gängigen Regeln forderte Stefan die Fürstin Schwarzenberg und Christina den Fürsten, die beiden hochrangigsten Gäste, zum Tanz auf. Nach kurzer Zeit war die gesamte Hochzeitsgesellschaft mit der Ausführung der komplizierten Schrittfolgen von Menuett, Anglaise und Bourrée beschäftigt. Die Gräfin Jacobi hatte sich in einen Winkel des Saales zurückgezogen und überwachte den perfekten Ablauf des Festes mit Argusaugen. Stefan schlenderte zu ihr und setzte sich auf einen freien Stuhl.

»Nun, Stefan gefällt Ihnen das Gebotene?«, erkundigte sie sich mit gönnerhaftem Ton.

»Ich glaube kaum, dass dieses Fest noch überboten werden kann«, antwortete er und zog seine Schnupftabakdose aus der Westentasche. Die Gräfin hob eine Augenbraue.

»Wollen Sie mich beleidigen? Der Höhepunkt kommt erst. Um Mitternacht, genauer gesagt.«

»Sie sehen mich überrascht, Gnädigste. Werden Sie meine Neugier stillen?«

Erinnern Sie sich an das Aufsehen, das bei Schwarzenbergs letztem Sommerfest herrschte?«, fragte die Gräfin und schob ein kunstvoll verziertes Elfenbeinstäbchen unter ihre Perücke, um sich zu kratzen. Stefan hielt mitten in der Bewegung inne.

»Ein Bengalisches Feuer?«

»Ich dachte, das wäre eine nette Idee. Und Schwarzenberg war so großzügig, mir seinen technicien zur Verfügung zu stellen«, entgegnete die Gräfin bescheiden. »Im Übrigen wollte ich Ihnen noch mitteilen, dass Erika und ich die Einladung der Baronin Capek annehmen und den Sommer bei ihr in Karlsbad verbringen werden.« Er schwieg und sie sprach weiter. »Ich hätte auch Vorbereitungen für die Hochzeitsreise getroffen, aber ich war nicht sicher, ob ...«

»Die nächsten paar Wochen habe ich unaufschiebbare Angelegenheiten in der Stadt zu erledigen und danach ... man wird sehen«, sagte er vage.

»Nun, ich habe getan, was in meiner Macht lag«, stellte die Gräfin abschließend fest und wandte ihre Aufmerksamkeit einer Dame mit blaugrauer Perücke zu, die sich zu ihr auf das Sofa setzte. Stefan blickte hinüber auf die Tanzfläche, wo Rudolf mit Christina eine Allemande tanzte, die beide eindeutig zu nahe aneinander brachte. Er stand auf und machte ein paar Schritte, ehe er sich zusammenriss und stehen blieb. Wenn er in Zukunft jeden, der mit seiner Frau tanzte und den sie anlächelte, wirklich anlächelte, anpöbeln wollte, würde er sich im Handumdrehen zum Gespött der Massen machen. Also wartete er, bis die Musik zu Ende war und ging zu ihr hinüber. Das Lächeln verschwand von ihrem Gesicht und er spürte, wie Ärger heiß und unkontrolliert in ihm aufstieg.

»Ist ... ist ... es Zeit?«, erstickte sie seinen Ausbruch, noch bevor ein Wort über seine Lippen gekommen war.

Er brauchte einen Moment, ehe er begriff, was sie meinte.

»Nein«, antwortete er dann ruppig, »und außerdem sagte ich Ihnen bereits, dass ich nicht die Absicht habe, Sie gefesselt und geknebelt in mein Bett zu zerren.«

Christina sah zu Boden. »Ich weiß.«

»Aber Sie glauben mir nicht? Fantastisch«, zischte er. »Wären Sie ein Mann, würde ich Sie fordern, weil Sie mich der Lüge bezichtigen.«

»Ich habe nicht ...«

»Nein? Wie soll ich es dann verstehen.«

Sie hob langsam den Kopf. »Es tut mir leid.«

Er hatte nicht gewusst, dass vier Worte ausreichten, um seine Welt aus den Angeln zu heben. Mit einer für ihn völlig unbekannten Hilflosigkeit zuckte er die Achseln. Sie stellte sich neben ihn und begann, sich mit einem Fächer Luft zuzufächeln. Gemeinsam betrachteten sie, wie man sich auf der Tanzfläche zu einer neuen Formation aufstellte.

»Ich habe Ihre Mutter vermisst«, hörte er ihre Stimme neben sich. Nach einer Weile entschloss er sich, zu sagen: »Offiziell ist sie zu kränklich, um zu reisen. In Wirklichkeit ist unser Verhältnis nicht ... besonders.«

»Das ist schade. Für euch beide«, war alles, was sie dazu bemerkte. Die Diener öffneten die Glastüren zur Freitreppe und Ferdinand bat die Gäste ins Freie. Von weitem schlug eine Glocke Mitternacht. Ein surrendes Geräusch, begleitet von einem Knall, brachte die Gästeschar zum Schweigen. Einen Augenblick später leuchtete der Himmel über dem Park in Rot und Gold. Hunderte Sternschnuppen flackerten in der samtigen Dunkelheit auf, verglühten und wurden von neuem Funkeln abgelöst. Stefan stand an der Brüstung neben Christina und hörte die entzückten Ahs und Ohs hinter sich. Er wandte die Augen von dem beeindruckenden Schauspiel ab und sah in das Gesicht seiner Frau.

»Es ist wunderschön«, flüsterte sie. »Noch nie habe ich so etwas Großartiges gesehen.«

»Ja, wunderschön«, stimmte er zu. »Als ob die Sterne durch Magie lebendig werden.« Feuerräder flogen über den Himmel und Raketen tauchten den Park in silbriges Licht. Christinas Hand lag auf der steinernen Brüstung und, bevor er wusste, was er tat, legte er seine darüber. Er wartete darauf, dass sie die Hand wegzog und den Zauber des Augenblicks zerstörte. Aber sie tat es nicht, sondern blickte weiter auf das Feuerwerk, das in immer anderen Farben im Dunkel der Nacht explodierte. Er schloss die Augen und ließ das Gefühl der Zufriedenheit, das ihn einhüllte, auf sich wirken. Immer, wenn er Sehnsucht nach einem Moment vollkommenen Glücks erinnern wird, es würde dieser Augenblick sein.

10

Das Feuerwerk ging zu Ende und die dadurch entstandene Verzauberung ebenfalls, wie Christina betrübt feststellte. Die Gäste begaben sich zurück in den Ballsaal. Sie wollte nicht hineingehen, wollte nicht, dass sich der Zauber verflüchtigte und sie wieder in die Wirklichkeit stieß. Für einen Moment war sie in eine Traumwelt geflüchtet, in welcher der Mann an ihrer Seite auch der Mann war, den sie liebte. Aber Axel war fort, irgendwo fern von ihr und fern vom Jetzt. Und alles, was ihr blieb, war dieser Mann, mit dem sie den Rest ihres Lebens verbringen musste und der dazu tendierte, sie mit dem Ausdruck eines hungrigen Wolfs zu betrachten. Sie blickte durch die geöffneten Glastüren in den Saal und eine plötzliche Hoffnungslosigkeit überkam sie. Sie war müde, so müde.

»Ich will nicht wieder zu den anderen«, sagte sie leise. »Darf ich mich auf mein Zimmer zurückziehen?«

Er nickte. »Gewiss, ich zeige Ihnen den Weg.«

Schweigend liefen sie nebeneinander durch das hell erleuchtete Haus, über breite Treppen und lange Gänge, bis sie endlich in einem weniger beleuchteten Flügel ankamen. Ihr Mann blieb vor einer Tür stehen. »Diese Suite wurde für Sie vorbereitet, Christina. Wenn sie Ihnen nicht gefällt, dann können Sie sich in den nächsten Tagen gerne ein anderes Zimmer aussuchen. Das Haus ist groß genug.«

Christina nickte und fragte sich, warum er nicht die Tür öffnete und ihr alles zeigte.

»Ihre Zofe ist neben dem Ankleidezimmer untergebracht, Sie brauchen nur zu läuten.« Er machte eine Pause, ehe er weitersprach. »Was mich betrifft, so habe ich vor längerer Zeit damit aufgehört, meine Angestellten zu ermutigen, auf meine nächtliche Heimkehr zu warten. Vor allem, da diese gelegentlich erst in den frühen Morgenstunden erfolgt. Aber es steht Ihnen natürlich frei, diese Dinge so zu handhaben, wie Sie es wünschen. Für heute Nacht jedoch habe ich Anweisung gegeben, dass niemand diesen Teil des Hauses betritt. Ich denke, das ist in Ihrem Sinne.« Er wollte das Gerede, das es geben würde, wenn sie nicht die Nacht miteinander verbrachten, kurzhalten. So viel Rücksichtnahme erstaunte sie, vor allem weil es sich unmittelbar auf ihre Stellung hier in diesem Haus auswirken würde und er so weit vorausgeblickt hatte.

»Es ist in meinem Sinne und ich bin Ihnen dankbar dafür«, entgegnete sie deshalb.

Er nickte. Seine Hand glitt in die Tasche seiner Jacke und er zog einen kleinen Beutel hervor.

»Ich weiß, dass Sie etwas anderes wollten, Christina, und ich wünschte ... «, er brach ab und schien plötzlich verlegen. Seine Finger spielten mit dem Beutel und er starrte darauf, während er weitersprach. »Es war einmal ein kleiner Junge, dem seine Mutter das Märchen von der Seejungfrau erzählte, die ihr Herz verloren hatte und deshalb auf dem Grund des Meeres bittere Tränen vergoss. Diese Tränen verwandelten sich in Perlen und die Fischer brachten sie den Menschen, die sich daran erfreuten, ohne zu wissen, dass sie sich am Schmerz der kleinen Seejungfrau erfreuten. Der Junge wollte fortan immer das Herz der Seejungfrau finden und es ihr zurückgeben ... «, er hob den Kopf und ein beschämtes Lächeln glitt über sein Gesicht, »... er gehörte nicht zu den Hellsten und nahm verloren wörtlich. Natürlich fand er weder das Herz noch die Seejungfrau und irgendwann vergaß er die Geschichte, wurde erwachsen und lebte sein Leben, wie man es von ihm erwartete. Und dann, als er schon längst nicht mehr an Feen und Märchen glaubte, traf er plötzlich die Meerjungfrau und sie weinte noch immer.« Das Lächeln war von seinem Gesicht verschwunden. »Ich kann Ihnen Ihr Herz nicht zurückbringen, Christina, aber vielleicht all die Tränen, die Sie geweint haben.«

Sie starrte ihn an, völlig sprachlos von dem, was sie gerade gehört hatte und griff unbewusst nach dem Beutel, den er ihr hinhielt, um ihn an die Brust zu pressen.

Stefan beugte sich zu ihr. In seinen Augen loderte so unverhülltes Verlangen, dass sie unwillkürlich einen wackeligen Schritt nach hinten machte und gegen den Türstock prallte. Das Verlangen erlosch und wich einer unübersehbaren Enttäuschung. Er machte einen Schritt von ihr weg und verbeugte sich steif. »Gute Nacht, Christina.«

Ohne sich noch einmal umzudrehen ging er an ihr vorbei und war verschwunden, bevor ihre trockenen Lippen eine Antwort formen konnten. Es dauerte einige Sekunden, bis Christina wieder Herr über ihren Körper und ihre Gedanken war. Dann riss sie die Tür auf und flüchtete in das Zimmer. Eine einsame Kerze brannte auf einem Tischchen und Christina griff danach, um die Kerzen im Leuchter anzuzünden. Sie merkte, dass ihre Hand zitterte und fluchte undamenhaft. Er war einfach skrupellos, ein Verführer, der mit Worten umgehen konnte wie kein Zweiter. Sie würde auf diese rührselige Geschichte nicht hereinfallen. Ärgerlich warf sie den Beutel aufs Bett und begann, sich aus dem Gewand zu schälen. Die längste Zeit ihres Lebens war sie ohne Kammerzofe ausgekommen, und auch wenn dieses Kleid über komplizierte Verschlüsse verfügte, irgendwann lag es samt dem Mieder und dem Reifrock zu ihren Füßen. Dachte er wirklich, sie wäre so leicht einzuwickeln? Ärgerlich zerrte sie die Nadeln aus dem Haar und begann, es solange zu bürsten, bis der Boden mit weißem Puder bedeckt war. Das Wasser in der Porzellanschüssel war kalt, aber es stellte eine willkommene Erfrischung dar. Christina wusch die Schminke aus ihrem Gesicht und starrte dann in den Spiegel. Was konnte schon in dem Beutel sein? Perlen, so viel war sicher. Eine Halskette, dreireihig, fünfreihig, achtreihig, damit alle sehen konnten, wie wohlhabend Graf Winterfeld war. So viel zu den Worten, dass sich die Menschen an dem Schmerz der Meerjungfrau erfreuten. Erfreuen war nicht genug, sie sollten vor Neid grün und gelb werden, das war die wirkliche Absicht dahinter. Sie schlüpfte in ihr Nachthemd. Und wahrscheinlich erwartet er, dass sie zu ihm eilen und ihm ihre Dankbarkeit noch in dieser Nacht beweisen würde.

»Da kann er lange warten«, dachte sie grimmig. Sie stand vor dem Bett und starrte den unschuldigen Beutel an. Eigentlich sollte sie ihn nicht öffnen. Totale Missachtung war in diesem Fall angebracht. Andererseits ... sie kaute an ihrer Unterlippe, niemand sah sie ... Christina setzte sich aufs Bett und griff nach dem Beutel. Er war aus schwarzem Samt gefertigt und mit einer dünnen Seidenkordel verschlossen. Sie wog ihn in der Hand. Die Konturen der Perlen waren zu spüren, die sich in ihrem Gefängnis hin und her bewegten. Kurz entschlossen zog Christina die Kordel auf und leerte den Inhalt auf die Bettdecke. Es waren tatsächlich Perlen, vielleicht fünf Dutzend. Weiß, rosa, golden und schwarz schimmerten sie im Kerzenlicht. Rund und oval, klein wie ein Stecknadelkopf oder groß wie eine Kirsche, nicht eine einzige glich der anderen. Christina nahm sie nacheinander in die Hand und betrachtete sie. Jede auf ihre Art perfekt und keine von ihnen durchbohrt, um sie zu einer Kette zu knüpfen. Nachdenklich füllte sie die Perlen wieder in den Beutel zurück und legte sie auf ihr Nachtkästchen. Niemand würde sie je sehen, so wie niemand ihre Tränen gesehen hatte. Außer ihm. Eine Gänsehaut lief über ihren Rücken. Es gefiel ihr nicht, dass er so handelte, so tief in sie hineinsah. Sie war fest entschlossen gewesen, in ihm das abgrundtief Böse zu sehen, ihn zu verachten und abzulehnen. Ihm keinen Schritt entgegenzukommen. Schließlich hatte er zu ihr gesagt, dass er bereit wäre, das zu nehmen, was er bekam und dass ihre Schönheit das Einzige war, was zählte. Sie kuschelte sich in die weichen Kissen und zog die Decke bis zu ihrer Nasenspitze. Natürlich würde sie ihm nicht danken. Dabei fiel ihr ein, dass sie gar nicht wusste, wo sein Zimmer war.

11

Als Christina am nächsten Morgen aufwachte, schien die Sonne hell in ihr Zimmer. Sie blinzelte und sah sich um, einen Moment lang wusste sie nicht, wo sie sich befand. Aber dann kam die Erinnerung an den gestrigen Tag zurück. Sie war nicht mehr Fräulein Brenner, sondern Christina von Winterfeld. Gähnend streckte sie sich. Ihre Augen wanderten über die Einrichtung des Zimmers, die sie gestern gar nicht beachtet hatte. Alles war in zartgrünen und goldenen Tönen gehalten. Die vier Pfosten des Himmelbetts waren mit Schnitzereien verziert, der seidene Baldachin einen Ton dunkler als die Vorhänge und der Teppich. Neben dem Fenster stand ein Schreibtisch mit unzähligen kleinen Laden und Fächern samt einem gepolsterten Sessel. Eine lang gestreckte Kommode befand sich gegenüber dem Bett. Darüber hing ein goldgerahmter Spiegel. Neben der Kommode lagen ihr Hochzeitskleid und ihre Schuhe, was bedeutete, dass noch niemand im Zimmer gewesen war. Christina schwang die Beine aus dem Bett, ging zum Fenster und öffnete es. Vor ihr lag der Garten in all seiner frühsommerlichen Pracht. Der Duft von Rosen und Geißblatt lag in der Luft und sie atmete tief ein. Tante Gisela hielt nichts von Gärten, erst jetzt fiel Christina auf, wie sehr sie die Natur vermisst hatte. Stimmen hallten zu ihr herüber und sie beugte sich weiter aus dem Fenster, um besser sehen zu können. Arbeiter hatten begonnen, das Zelt abzubauen und ein Stück entfernt beseitigte jemand die Reste des Feuerwerks.

»Gnädige Frau«, hörte sie eine Stimme hinter sich. Lisbeth, die schon bei der Gräfin Jacobi ihre Zofe gewesen war, stand in der Tür zum Ankleidezimmer. »Verzeihung, gnädige Frau, ich hörte Geräusche und ...«

»Ist schon in Ordnung, Lisbeth. Komm herein«, Christina winkte dem Mädchen zu und gähnte wieder. Lisbeth hob die auf dem Boden liegenden Kleidungsstücke auf.

»Ich werde in der Küche Bescheid sagen, dass man Euer Frühstück heraufbringt.«

»Wie spät ist es denn?«

Das Lächeln der Zofe veränderte sich in ein Grinsen. »Halb zwölf. Aber der gnädige Herr hat befohlen Euch schlafen zu lassen und wenn es bis zum Abend dauern sollte.«

Christina wurde rot, obwohl es keinen Grund gab, rot zu werden. »Graf Winterfeld ... «

»... verabschiedet die letzten Gäste«, beantwortete Lisbeth die unausgesprochene Frage und verschwand. Kurz darauf brachte sie einen Krug frisches Wasser, eine Schüssel und Handtücher. Sie assistierte Christina bei der Morgentoilette und legte ihr dann das Kleid zurecht, das sie an diesem Tag tragen wollte. Dazwischen schwatzte sie ununterbrochen, wie viel besser und schöner es hier wäre als bei der Gräfin Jacobi. Dass es für alle möglichen Handgriffe eigenes Personal gab und dass sie in Zukunft *wirklich* nur die Zofe der Gräfin sei und keine anderen niederen Dienste mehr verrichten müsse. Ein Klopfen an der Tür zeigte, dass auch das Frühstück fertig war. Christina schlüpfte schnell in ihren Morgenmantel, da sie erst ihre Unterwäsche trug und bedeutete Lisbeth, die Tür zu öffnen. Ein Mädchen brachte ein reich gefülltes Tablett ins Zimmer und stellte es auf den Schreibtisch. Dann knickste es und verschwand wieder. Christina setzte sich, schlug die Beine übereinander und hob neugierig die Silberhauben in die Höhe. Tante Gisela hielt warme Milch, Himbeersaft und Brötchen für ein opulentes Frühstück. Kaffee hatte Christina bisher nur in einem der Kaffeehäuser in der Stadt getrunken, aber jetzt stand eine ganze Kanne davon vor ihr. Croissants, Butter, Marmelade und Käse, zwei Omelettes, zwei Scheiben Schwarzbrot.

»Unglaublich«, murmelte sie, »das reicht ja für eine ganze Kompanie.«

Lisbeth strahlte. »Ich habe Euch ja gesagt, dass es hier traumhaft ist.«

»Ich fange an, dir zu glauben«, erwiderte Christina mit vollem Mund.

»Wenn Ihr erst einmal das ganze Haus gesehen habt«, fuhr die Zofe fort, »es ist gigantisch, eines der größten Vorstadtpalais, nur die Schlösser des Grafen Starhemberg und des Fürsten Kaunitz sind größer, sagt Louise, die Köchin.« Christina kaute schweigend.

»Der gnädige Herr hat hier in den letzten Jahren wenig Zeit hier verbracht, er wohnt gewöhnlich im Stadthaus in der Wipplingerstraße, das hat mir Johann, sein Kammerdiener, erzählt. Wenn Ihr fertig seid, erwartet Euch der gnädige Herr in seinem Arbeitszimmer.«

Ungerührt frühstückte Christina zu Ende und schlüpfte dann in ein einfaches Tageskleid. Ehe sie hinausging, fiel ihr Blick auf den Schmuck, den sie gestern getragen hatte. Sicher verwahrte man solche Gegenstände nicht in der Nachttischschublade und sie griff danach, um ihn dem Grafen zurückzugeben. Lisbeth bewegte sich in dem Haus, als hätte sie niemals irgendwo anders gewohnt. Die Tür, die sie schließlich öffnete, führte zu einem Zimmer mit dunklen Ledermöbeln und einem wuchtigen Schreibtisch. Die Einrichtung wirkte düster und altmodisch. Langsam ging Christina auf Stefan zu, der aufblickte und ihr dann entgegenkam. Er trug ein cremefarbenes Hemd mit kaum nennenswertem Spitzenbesatz und braune Kniehosen.

»Christina, meine Liebe, haben Sie gut geschlafen?« Er lächelte sie an und nahm ihr den Schmuck aus den Händen, um ihn achtlos auf den nächsten Tisch zu legen.

»Ja, danke ... Stefan«, erwiderte sie und benutzte zum ersten Mal seinen Vornamen. Er machte keine Anstalten, ihre Hände loszulassen und Christina räusperte sich. »Sie wollten mich sprechen?«

»Richtig.« Er deutete auf den Sessel vor dem Schreibtisch und setzte sich wieder auf seinen Platz. »Ich habe letzte Woche ein Konto für Sie bei meinem Bankier eröffnet. Vierteljährlich wird dort eine Apanage überwiesen werden, über die Sie nach Gutdünken verfügen können. Hier, auf diesem Dokument ist Ihre Unterschrift nötig.« Er reichte ihr einen Bogen Papier. »Wenn Ihnen die Summe als nicht ausreichend erscheint, dann können wir sie gerne erhöhen.«

Christine starrte auf den Betrag, den sie alle drei Monate erhalten sollte. Das war mehr als ihre Mutter in einem Jahr verdient hatte.

»Für den Anfang wird es reichen«, sagte sie trocken und unterschrieb das Dokument mit ihrem neuen Namen.

»Außerdem habe ich mit meinem Bankier vereinbart, dass Ihre Mitgift in einem jederzeit einlösbaren Wertpapierdepot veranlagt wird, über das Sie alleine verfügen können.« Sie unterschrieb wortlos das nächste Papier und wartete, was wohl noch kommen würde. »Und zum Abschluss ... eine Verfügung, die sie finanziell unabhängig macht, für den Fall, dass mir etwas zustößt, bevor es einen männlichen Erben gibt und alle Winterfeldbesitzungen an die Krone zurückfallen.« Wieder tauchte sie die Feder in das Tintenfässchen und schrieb ihren Namen auf das Dokument. Sie reichte es ihm und beobachtete, wie er es sorgfältig in einem Portefeuille verstaute, ebenso wie die anderen Papiere. In diesem Moment sah er wie die Karikatur eines Buchhalters oder Amtsschreiberlings aus. Nur mehr eine Brille fehlte, um den Eindruck komplett zu machen. Sie verschränkte die Finger in ihrem Schoß und unterdrückte ein Kichern. Er legte das Portefeuille beiseite und blickte sie an. »Besitzen Sie eine Hofrobe?«

Christina nickte. »Ja, Tante Gisela bestand darauf, aber natürlich gab es keine Einladung, bei der ich sie hätte tragen können.«

»Das hat sich geändert, wir sind nächste Woche zu Gast auf Schloss Schönbrunn, damit verbunden ist eine Audienz bei der Kaiserin.« Zehn Monate war sie in Wien gewesen, ohne eine Einladung an den Hof zu erhalten, aber ein Tag als Gräfin Winterfeld genügte, um alle Türen zu öffnen. »Die anderen Einladungen, die wir bekommen haben«, er hielt ihr einen Stapel Karten entgegen. »Ich würde es begrüßen, wenn wir einige davon annehmen und gemeinsam hingehen könnten. Nach der Visite bei der Kaiserin können wir ohne Aufsehen getrennt ausgehen, für Eheleute ist das ganz comme il faut«, fügte er hinzu.

Diese eine Woche würde auch vorübergehen. »Ich nehme das als Versprechen«, sagte sie widerborstig.

»Das können Sie auch. Und ich pflege meine Versprechen zu halten, wie Sie jetzt vielleicht wissen«, entgegnete er kalt. Sie schwiegen beide. Christinas Blick fiel auf das Diamantkollier.

»Ich wusste nicht, was ich damit tun sollte.«

Er runzelte die Stirn. »Es gibt hier eine gut gesicherte Truhe ...« begann er und stand auf, um zu einem der Schränke zu gehen.

»Alle Schmuckstücke werden dort verwahrt. Natürlich ... « er hielt inne und schien kurz zu überlegen. »... dabei sollten wir auch bleiben. Sie können jederzeit etwas Passendes zu Ihrer Garderobe auswählen, ich werde einen zweiten Schlüssel anfertigen lassen.« Er legte das Kollier in die Truhe und schloss ab, ehe er sich wieder an Christina wandte. »Ich hatte vor, Ihnen das Haus zu zeigen.« Sie begannen beim Keller und den Vorratsräumen, gingen durch die Küche und erreichten schließlich die etwas abseits gelegene Bibliothek, die Christina mit großen Augen musterte. Bücher aus vier Jahrhunderten hatten sich in den Regalen angesammelt und das Spektrum reichte von Wissenschaftsfolianten bis zu schmalen in Leder gebundenen Gedichtbändchen von Klopstock und Gellert. An der Stirnseite prangte ein riesiger offener Kamin aus dunkelrotem Marmor. Auch die schweren Samtvorhänge und die Sitzmöbel waren in dunkelrot gehalten, Tische, Kästen und Regale waren aus poliertem Eichenholz gefertigt. Die anheimelnde Atmosphäre nahm sie sofort gefangen und am liebsten hätte sie sich in einen der Lehnsessel gekuschelt und zu schmökern begonnen. Aber natürlich war daran im Augenblick nicht zu denken. Sie gelangten in den Ballsaal, wo mehrere Dienstboten noch immer die Spuren des gestrigen Abends beseitigten.

»Wir kommen jetzt zu den Privatgemächern«, sagte er und hielt die Tür zu einem anderen Flügel des Hauses auf. »Wenn Sie ein anderes Zimmer möchten, dann sollten Sie sich hier genau umsehen.«

»Ich bin durchaus zufrieden. Das Zimmer, das ich bewohne, gehörte früher Ihrer Mutter?«, erkundigte sie sich, um Konversation zu machen.

»Nein. Meine Eltern befleißigten sich eines eher unkonventionellen Lebensstils. Sie hatten ein gemeinsames Schlafzimmer, in den angrenzenden Nebenräumen waren die Ankleidezimmer untergebracht und das Arbeitszimmer meines Vaters.« Er öffnete wieder eine Tür. »Das hier ist eine der Seitentüren in den Garten. Im gegenüberliegenden Flügel gibt es auch eine und das Hauptportal führt natürlich auch dorthin.«

Das Zelt lag samt der Holzpfosten und Verstrebungen auf dem Boden. Christina ging daran vorbei und betrachtete die liebevoll gestaltete Anlage. In die Rasenflächen waren Ornamente aus bunten Blumen eingearbeitet, Kies bestreute Wege führten zu Nieschen, kleinen Brunnen und Statuen griechischer Götter. Hie und da luden steinerne Bänke zum Verweilen ein. »Es ist traumhaft«, sagte Christina.

»Haben Sie noch keine Gärten gesehen, seit Sie in Wien sind?«, erkundigte er sich, während sie nebeneinander durch den Park schlenderten.

»Doch, natürlich, ich bin regelmäßig in den Anlagen des Belvederes und des alten Favorite spazieren gegangen, aber es ist etwas völlig anderes ...«, sie schwieg abrupt.

»... wenn man weiß, dass einem das alles gehört, nicht wahr?«

Sie nickte.

»Tja, Besitz ist eine gar drückend Last«, meinte er unbekümmert und grinste sie an. Die Art, wie er über sein Vermögen sprach, verursachte Christina Übelkeit. Sie fand es einfach obszön.

12

Viele der vornehmen Familien pflegten die Sommermonate auf ihren Landsitzen im Salzburgischen, in Ungarn oder in Böhmen zu verbringen. Diejenigen, die geblieben waren, logierten in ihren Sommerhäusern in den Vorstädten und Dörfern um Wien. Die steife Etikette fiel der herrschenden Hitze und dem Bedürfnis der Wiener nach Amüsement zum Opfer. Stefan wählte mit Bedacht nur jene Einladungen aus, hinter denen ihm wohlgesonnene Personen standen. Wenn Christina erst einmal in diesem Kreis akzeptiert wurde, dann war der Rest ein Kinderspiel.

Am ersten Abend einer solchen Einladung blieb er ständig an Christinas Seite, um möglichen Katastrophen zuvor zu kommen. Aber sie besaß das natürliche Talent, auf Menschen zuzugehen und sie mit einem Lächeln zu entwaffnen. Ihre liebenswürdige Art taute auch die verkniffenste Matrone auf und am Ende dieses Abends war man sich allgemein einig, dass die neue Gräfin Winterfeld ein Gewinn für jede Abendgesellschaft sein würde. Voller Bewunderung beobachtete er, wie sie sich von den Gastgebern verabschiedete, einen Scherz des Hausherrn mit ihrem silberhellen Lachen quittierte und der Dame des Hauses versicherte, dass die Blumenarrangements die bezauberndsten wären, die sie seit ihrer Ankunft in Wien gesehen habe. Die Kutsche wartete vor dem Portal und ein Diener öffnete den Schlag, zündete die an der Decke baumelnde Laterne an und half Christina in den Wagen. Er setzte sich ihr gegenüber. Sie faltete die Hände im Schoß und sah an ihm vorbei.

»Ich bin sehr stolz auf Sie. Ihr Auftritt war wirklich tadellos«, sagte er in dem Bestreben, seine Bewunderung in Worte zu fassen.

»Wie schön, dass ich Ihren Ansprüchen gerecht geworden bin. Dann hat sich wenigstens einer von uns beiden gut unterhalten«, entgegnete sie bissig.

»Wollen Sie damit andeuten, dass Ihnen der Abend kein Vergnügen bereitet hat?«

»Andeuten? Den ganzen Abend unter Ihrer Beobachtung zu stehen war die reinste Freude. Was haben Sie sich dabei gedacht?

Dass ich die Silbergabeln in mein Mieder stopfe?« Er zog die Brauen zusammen.

»Ich hing der irrigen Annahme nach, dass Sie vielleicht Unterstützung brauchen könnten.«

»Unterstützung wobei? Zu lächeln und den Matronen Honig um den Mund zu schmieren? Zu Ihrer Information, ich mag auf dem Land groß geworden sein, aber meine Mutter legte Wert darauf, ihrer Tochter den Umgang mit Menschen aller gesellschaftlichen Klassen nahe zu bringen. Und ich hatte zehn Monate Zeit, dieses Wissen zu perfektionieren. Ich bin kein Kleinkind, das man beaufsichtigen muss«, schloss sie böse.

Er kämpfte um Geduld und schluckte eine scharfe Antwort hinunter. Stattdessen sagte er betont ruhig: »Ganz wie Sie wünschen, Madame, ich werde in Zukunft mein Bestes versuchen, nicht wieder Ihren Unwillen zu erregen.«

Sie warf ihm einen argwöhnischen Blick zu und sah dann aus dem Fenster. In weiterer Folge bemühte er sich ernsthaft, Wort zu halten. Sie kamen gemeinsam, absolvierten ein bis zwei Tänze, saßen beim Diner nebeneinander und verließen das Fest Arm in Arm. Trotzdem konnte er nicht damit aufhören, sie zu beobachten, weil es ihm einfach Freude bereitete, zuzusehen, mit welcher Selbstverständlichkeit und Anmut sie sich in der Gesellschaft bewegte. Er bewunderte sie dafür, aber er hatte begriffen, dass sie das nicht hören wollte. Also schwieg er und hielt sich im Hintergrund.

Die Tage verrannen und schließlich war es Zeit, nach Schönbrunn aufzubrechen. Die Einladung erstreckte sich auf drei Tage und erforderte eine Wagenladung an Gepäck, die samt Kammerdiener Johann und Zofe Lisbeth schon Stunden vorher vom Palais abfuhr. Die Laternen im Cour d'Honneur brannten bereits, als sie beim Schloss ankamen. Mehrere Kutschen hielten auf dem Platz und die Passagiere strömten zu dem breiten Portal. Ein livrierter Diener mit weißer Perücke geleitete die Gäste zu ihren Zimmern. Johann hatte das Hofgewand bereitgelegt und half seinem Herrn beim Ankleiden, Schminken und Verteilen der Schönheitspflästerchen. Stefan ließ ihn gewähren, obwohl er für gewöhnlich den Bemühungen seines Kammerdieners auf halbem Weg Einhalt gebot.

Aber eine Einladung der Kaiserin folgte besonderen Gesetzen und der Begriff „Natürlichkeit" hatte am Hof seine eigene Bedeutung. Mit einer Schatulle unter dem Arm machte er sich schließlich auf den Weg zu seiner Frau. Auch sie war fertig angekleidet und Lisbeth sträubte gerade Puder über Christinas Gesicht. Ihre Blicke trafen sich im Spiegel. Stefan legte die Schatulle auf die Kommode, während die Zofe knickste und das Zimmer verließ. Er merkte, dass Christina ihn musterte und ließ sich deshalb etwas länger Zeit als nötig, um die Schmuckkassette zu öffnen.

»Es ist nichts Besonderes, nur etwas, das schon seit Längerem zum Familienschatz gehört. Aber es passt zu Ihren Augen« „Es", war ein Kollier aus Amethysten.

»Oh, das ist wirklich nett«, sagte sie, nachdem sie das Schmuckstück betrachtete hatte und er biss wieder einmal die Zähne zusammen.

»Nett« war in letzter Zeit alles, was er ihr zeigte. Die Pferde in seinen Ställen, sein Stadthaus in der Wipplingerstraße, der Ballen golddurchwirkter chinesischer Seide, den er bei einem Tuchhändler für sie erworben hatte, die neuen Statuetten für den Park und er fragte sich, was zum Teufel er tun musste, um ein Körnchen Begeisterung zu ernten. Er nahm das Halsband und trat hinter sie, um es ihr umzulegen. Seine Finger berührten ihre Haut, leicht und viel zu flüchtig für seinen Geschmack. Er sehnte sich danach, sie zu streicheln, sie in seinen Armen zu halten und ihren Körper an seinem zu spüren. Sie täglich zu sehen, den Hauch ihres Parfums zu atmen, der in den Gängen des Hauses hing, war Himmel und Hölle zugleich. Aber ihr Verhalten deutete eher darauf hin, dass er mit ewiger Verdammnis zu rechen hatte als mit baldiger Erlösung.

Das Kollier war kaum geschlossen, als sie auch schon einen Schritt von ihm weg ging und nach ihren Handschuhen griff. Er öffnete die Tür und sie rauschte ohne ein weiteres Wort an ihm vorbei. Er folgte ihr bedächtig und blieb dann mitten auf dem Flur stehen, um zu warten, bis ihr auffiel, dass sie nicht wusste, wohin sie gehen sollte. Sie kam zu ihm zurück und nahm den ihr gebotenen Arm. Einige Minuten gingen sie schweigend nebeneinander, dann sagte sie: »Waren Sie schon oft hier?«

»Oft genug, um mich nicht zu verlaufen«, entgegnete er mit einem kleinen Lächeln. »Bleiben Sie an meiner Seite, Liebste, und Sie sind sicher.« Er hatte seine Stimme gesenkt und das bewährte schmeichelnde Timbre hineingelegt, aber sie sah ihn unbeeindruckt an.

»Warum habe ich den dunklen Verdacht, dass sich diese Dinge gegenseitig ausschließen?«

»Welche Dinge?«

»An Ihrer Seite bleiben, Ihre Liebste sein, und mich sicher fühlen«, entgegnete sie trocken.

»Wenn ich es nicht besser wüsste, würde ich behaupten, Sie tändeln mit mir, Liebste«, säuselte er und hielt ihr die nächste Tür auf.

»Aber glücklicherweise wissen Sie es ja besser«, bemerkte sie süffisant.

»Ich lasse mich jedoch gerne vom Gegenteil überzeugen«, entgegnete er.

»Da muss ich Sie enttäuschen. Aber ich bin sicher, dass sich heute Abend genug Weiblichkeit einfindet, die Sie diese Enttäuschung vergessen lassen wird.«

»Glauben Sie wirklich?«, fragte er hoffnungsvoll und sah, dass ihre Mundwinkel zuckten. Sie tätschelte seinen Arm. »Mit all meiner Seele.«

Er lachte und ging auf das Spiel ein. »Das heißt, ich brauche mich nur mehr darum zu kümmern, Sie unauffällig los zu werden.«

»Richtig. Aber wehe, Sie tun das vor dem Galadiner.«

»Ach, genau das war mein Plan. Sie in eines der kleinen Kaminheizkabinette zu sperren und zu warten, bis Hunger und Durst Sie in die Knie zwingen und ich Sie mit einem gebratenen Huhn dazu bringen kann, meine geheimsten Wünsche zu erfüllen.«

Sie zog eine Schnute. »Und ich frage mich, was das wohl wäre.«

»Oh nein, das fragen Sie sich nicht, sonst ... « Er war stehen geblieben und versank in ihren vor Heiterkeit leuchtenden Augen. »Christina ... «, er vergaß völlig, wo sie sich befanden. Er beugte sich zu ihr. »Christina, ich ...«

Das Lächeln verschwand von ihrem Gesicht und sie drehte den Kopf zur Seite.

»Nicht ... «, flüsterte sie und stemmte eine Hand gegen seine Brust. »Sie zerdrücken mein Kleid.« Ihre Stimme war kaum mehr als ein Hauch, aber sie brachte ihn in die Wirklichkeit zurück.

»Verzeihung, es war nicht meine Absicht ... Ihnen Unannehmlichkeiten zu bereiten«, fügte er dann hinzu und trat einen Schritt zur Seite. Sie ging an ihm vorbei, ohne etwas zu erwidern, ohne seinen Arm zu nehmen und ohne sich noch einmal umzudrehen. Und er konnte nichts weiter tun, als ihr zu folgen.

13

Christina spürte seinen Blick in ihrem Rücken. Sie war nervös, seit sie Wien verlassen hatten. Der Gedanke, dem Kaiser und der Kaiserin persönlich gegenüberzustehen, zerrte an ihren Nerven. Und die lange Fahrt mit Stefan in der engen Kutsche, während der er sich um Konversation bemühte und sie diese Bemühungen mit patzigen Antworten oder eisigem Schweigen zunichte machte, hatte ihr Übriges getan. Etwas war an ihm, das ihr regelmäßig eine Gänsehaut über den Rücken jagte, nur wusste sie nicht, ob aus Abscheu oder aus einem ganz anderen Grund, über den sie nicht nachdenken wollte. Und wenn sie es doch tat, dann fiel ihr auf, wie sehr er sich von Axel unterschied. Er war alt, daran führte kein Weg vorbei, zehn Jahre älter als der Freiherr von Rödern und alles, was er in diesen Jahren erlebt hatte, schwang in seiner Persönlichkeit mit. Er kannte Gott und die Welt, ohne wirklich enge Freundschaften zu unterhalten. Wann immer sie ihn bei einer Gesellschaft nach einem Namen fragte, wusste er nicht nur die Antwort, sondern lieferte irgendein Histörchen dazu. Die nachlässige Eleganz, mit der er sich seinen Weg durch die Menge bahnte, zog Blicke auf sich. Er bewegte sich wie eine Raubkatze in einem Rudel vollgefressener Hauskater. Und es gab genug Frauen, die ihm nachsahen oder ihm auffordernde Blicke zuwarfen, auch das fiel ihr auf. Er war attraktiv und er wusste es. Um so weniger verstand sie, warum er ausgerechnet sie zur Frau hatte haben wollen. Es gab genug Mädchen, die sich nicht gegen ihn und seine Aufmerksamkeiten sträubten, wie sie es tat. Trotzdem hatte sich kein Jota an seiner Beharrlichkeit geändert.

Die Glastüre vor ihr wurde von einem Lakaien geöffnet und sie stand unmittelbar am Fuß der Treppe, die in das hell erleuchtete Foyer führte. Hilfe suchend drehte sie sich nach ihrem Mann um und hasste sich im gleichen Moment dafür. Er blieb schweigend neben ihr stehen und hielt ihr seinen Arm hin. Gemeinsam schritten sie die Treppe hinunter und schlossen sich den anderen Gästen an, die in den Ballsaal strömten. Die zur Schau gestellte Pracht nahm Christina den Atem. Der gigantische Raum musste an die acht Meter hoch sein, Deckenfresken und Malereien stellten mythologische Szenen nach. Riesige Ölgemälde in schweren Goldrahmen, Tapisserie, die sich über ganze Wände spannte, Kerzenleuchter, deren geschliffenes Kristallglas das Licht verstärkte, genauso wie die unzähligen Spiegel, die den Raum optisch vergrößerten und die Zahl der Geladenen ins Unermessliche steigerte. An der Stirnseite des Saales befanden sich zwei Thronsessel für das kaiserliche Paar, im Hintergrund spielte das Kammerorchester. Stefan wurde von einem Mann freundlich begrüßt und, nachdem er Christina vorgestellt hatte, in ein Gespräch verwickelt. Sie sah sich unschlüssig um, entdeckte aber keine Bekannten. Eine Frau blickte aus einiger Entfernung zu ihr hinüber, nickte ihr zu und lächelte. Christina erwiderte das Lächeln mechanisch, konnte sich aber nicht daran erinnern, die Dame schon einmal getroffen zu haben. Sie wandte sich an Stefan, aber als er sich umdrehte, war die Frau verschwunden. Christina vergaß diese Episode, da im gleichen Moment die Flügeltüren geöffnet wurden und der Hofmarschall mit seinem Stock auf den Boden klopfte. Die Menge teilte sich und es entstand eine schmale Gasse. Nach wenigen Augenblicken schritten der Kaiser und die Kaiserin samt Gefolge hindurch, um auf den Thronsesseln Platz zu nehmen. Einige der Gäste näherten sich dem Paar und wechselten, nach erfolgter Reverenz, ein paar Worte. Christina seufzte. Ihre Nervosität löste sich in Langeweile auf. Stefan hatte ihr gesagt, dass sie erst bei der morgigen Audienz der Kaiserin vorgestellt werden würde. Unbemerkt hatte sich Stefan von ihr entfernt, und wie die letzten Abende, war sie sich selbst überlassen. Sie schlenderte zu einer der geöffneten Türen, um etwas frische Luft zu schnappen und einen Blick in den beleuchteten Park zu erhaschen.

»Entschuldigt«, sagte eine Stimme hinter ihr. Sie gehörte der Frau, die ihr vorhin zugelächelt hatte. Durch die Schminke und das gepuderte Haar konnte ihr Alter nur grob geschätzt werden. Christina hielt sie für Ende zwanzig. »Ja?«

»Nun, ich habe gedacht, ich kenne Euch, aber ich habe mich geirrt, verzeiht«, entgegnete die Frau und wandte sich wieder ab.

»Ich bin die Gräfin Winterfeld«, sagte Christina schnell und missachtete damit jedes Zeremoniell. Tante Gisela hatte ihre Versuche, sich mit anderen Mädchen anzufreunden, immer zunichte gemacht. Für sie waren sie alle Konkurrentinnen um die wenigen als Ehekandidaten tauglichen Männer. In den Monaten in Wien hatte Christina nicht einmal eine Hand voll Freundschaften geschlossen und sie war entschlossen, das zu ändern. Die Frau blieb stehen und neigte leicht den Kopf.

»Ich bin die Baronin Kernberg, Arabella von Kernberg«, ergänzte sie. »Euer erster Besuch in Schönbrunn?«

Christina nickte.

»Ja, mein Mann und ich haben morgen eine Audienz bei der Kaiserin. Und Ihr?«

»Ich gehöre zum Hofstaat«, erwiderte die Baronin. »Glücklicherweise hatte der Baron Kernberg recht bald nach unserer Heirat das Zeitliche gesegnet und ich fand hier Aufnahme.« Sie runzelte die Stirn. »Winterfeld. Ihr seid die Frau von Stefan Winterfeld?«

»Ja, wir haben letzte Woche geheiratet.«

»Oh, keine Flitterwochen?«

Christina spielte nervös mit dem Fächer. Stefan hatte nur kurz erwähnt, dass er im Augenblick nicht aus Wien weg könne, und sie war so erleichtert darüber gewesen, nicht wochenlang mit ihm allein sein zu müssen, dass sie nicht nachgefragt hatte. »Wir wollten erst nach dem Sommer ...«, begann sie vage.

Aber die Baronin sprach ohnehin schon weiter: »Natürlich, angesichts der bevorstehenden Heirat des Thronfolgers ist das nicht ungewöhnlich.« Dass sie daran nicht selbst gedacht hatte. Schon im Frühjahr war über die Heirat Josephs mit der Prinzessin Isabella von Parma gemunkelt worden. Und seit einigen Wochen war der Fürst Liechtenstein offiziell mit der Organisation der Brautwerbung betraut. Noch im August sollte er nach Parma reisen, um die Prinzessin nach Wien zu geleiten. Stefans gute Beziehung zu dem jungen Erzherzog war allgemein bekannt und natürlich würde er bei den Vorbereitungen auch irgendeine Rolle spielen.

Der Hofmarschall klopfte wieder auf den Boden und die Gespräche verstummten. Der Kaiser und die Kaiserin betraten das

Parkett und das Kammerorchester stimmte ein Menuett an. Christina betrachtete die Kaiserin. Sie war klein und die zahlreichen Geburten hatte ihre ehemals zierliche Gestalt behäbig werden lassen. Der breite Reifrock, der nach der gängigen Mode über den Knöcheln endete, war denkbar ungünstig für ihre Figur. Trotzdem bewegte sie sich mit einer Grazie, die die Anmut ihrer Jugend ahnen ließ. Der Kaiser trug eine schulterlange Lockenperücke. Seine hübschen Gesichtszüge zeigten Spuren von Verlebtheit, aber in seinem Lächeln spiegelte sich der französische Charme wider, der Maria Theresia vor mehr als zwanzig Jahren bezaubert hatte. Das Menuett ging zu Ende, der Kaiser und die Kaiserin forderten die beiden ranghöchsten Gäste auf, danach durften auch alle anderen tanzen. Christina schlenderte mit Arabella zu einem der Lakaienen, der ein Tablett mit gefüllten Gläsern trug.

»Euer Gatte scheint Euch ja nicht gerade mit Aufmerksamkeit zu überschütten«, stellte die Baronin fest und nippte an ihrem Glas.

Christina, die nicht zugeben wollte, dass sie allein für dieses Verhalten verantwortlich war, erwiderte nur kurz: »Das ist mir ganz recht.«

»Ach natürlich, eine arrangierte Ehe«, meinte die Baronin verständnisvoll. »Ich weiß, was das bedeutet. Auch ich war ein junges Mädchen, das an einen alten Mann verschachert wurde.«

»Nun, ganz so jung bin ich nicht mehr. Ich werde zwanzig, am 24. Dezember, um genau zu sein, und Graf Winterfeld ist nicht gerade ein Greis«, entgegnete sie in schöner Missachtung ihrer vorhergehenden Gedanken. Die Baronin begann zu husten, als hätte sie sich an dem Champagner verschluckt und Christina klopfte ihr besorgt den Rücken.

»Zwanzig? Ich hätte Euch für knapp siebzehn gehalten«, sagte sie schließlich etwas atemlos.

»Ihr wirkt so jung und verloren hier.«

Christina spielte mit ihrem Fächer. »Das liegt sicher an dem Kleid«, versuchte sie zu scherzen.

Die Baronin griff nach ihrer Hand. »Christina, lasst mich Eure Freundin sein und Eure Vertraute in diesem neuen Lebensabschnitt.«

Christina sah die Frau an, die sie offen und ungezwungen anlächelte, ein Ausdruck, den sie seit langer, langer Zeit nicht mehr gesehen hatte. In diesem Moment fiel ihr auf, wie allein sie wirklich war. »Gerne, Arabella, es wäre schön, eine Freundin zu haben, mit der ich alles teilen kann.«

Gemeinsam spazierten sie durch den Ballsaal. Gelegentlich blieben sie stehen und Arabella stellte ihr den einen oder anderen Bekannten vor, fing hier und dort eine kleine Plauderei an, ohne jedoch zu vergessen, ihre neue Freundin in das Gespräch mit einzubeziehen. Man tauschte sich über Belanglosigkeiten aus, hechelte den neuesten Tratsch durch und blieb bei allen Themen an der Oberfläche. Es war nicht anders als auf all den anderen Gesellschaften und Galatagen, die Christina bisher besucht hatte, nur unterhielt man sich hier über Oberhofkämmerer, Fürsten und Prinzessinnen und nicht über den Herrn von X und Gräfin von Y.

Die Schar, die sich um die Baronin versammelte, wuchs stetig und sie schien in der Aufmerksamkeit ihrer Bewunderer zu baden. Sie hielt Hof, wie Christina belustigt dachte, und merkte, dass viele der Verbeugungen und Knickse tiefer ausfielen als der Rang ihrer neuen Freundin es erfordert hätte. Gerade gesellte sich ein weiterer Mann in die Runde und Arabella streckte ihm erfreut die Hand entgegen. »Signore Bellotto, Maitre, welche Freude.«

Sie wandte sich an Christina. »Liebste Freundin, darf ich Ihnen den Maler Bernardo Bellotto vorstellen, der zurzeit hier am Hof weilt. Sie haben vielleicht schon von ihm gehört, sein Künstlername ist Canaletto. Signore Bellotto, Gräfin Winterfeld, eine liebe Freundin.«

Überrascht machte Christina einen Schritt auf den Mann zu.

»Aber natürlich habe ich schon von Euch gehört, Maitre Bellotto. Gehört ... was rede ich da. Ich habe Eure Bilder gesehen und ich zähle mich zu Euren größten Bewunderern«, versicherte sie dem Maler enthusiastisch.

Er beugte sich über ihre Hand. »Solch ein Kompliment aus einem so bezaubernden Mund höre ich gerne, Gräfin.«

»Ich habe selten Bilder gesehen, auf denen sich das Leben so realitätsgetreu widerspiegelt«, versicherte sie ihm. Er verbeugte sich wortlos. »Und wie Ihr das Palais des Fürsten Liechtenstein dargestellt habt, man wartet förmlich darauf, dass die Gestalten jeden Moment ihren Streifzug durch die Gärten fortsetzten«, Christina sah das Gemälde vor ihrem inneren Auge. »Ich bin sicher, noch in Jahrhunderten wird man Euren Namen mit Ehrfurcht nennen.«

Jetzt lächelte der Mann. »Ich bin schon zufrieden, wenn man mich in diesem Monat bezahlt.«

Christina furchte die Stirn. Sie hatte eine Idee. »Lasst uns ein paar Schritte gehen«, schlug sie vor und er nickte. Etwas abseits blieben sie stehen. »Ich frage mich, Signore Bellotto, ob Ihr wohl noch Aufträge annehmt?«

»Gräfin, ich muss Euch enttäuschen, so bezaubernd Ihr auch seid, ich male keine Porträts.«

Christina lachte. »Ach, das weiß ich doch, Maitre. Nein, ich dachte an das Winterfeld Palais. Hättet Ihr Interesse, das Haus und die Gartenanlagen zu malen?«

Er schwieg einen Moment. »Es ist etwas ungewöhnlich ... normalerweise ist es der Herr des Hauses, der solche Fragen an mich heranträgt ...«

»Mein Mann ist hier irgendwo, wenn ich für Euch nicht kompetent bin ...«

»Nein, Contessina, das ist es nicht. Ich wunderte mich nur, dass Ihr Euch mit einem Gebäude so verbunden fühlt. Häuser in ihrer Unvergänglichkeit bedeuten für gewöhnlich Männern mehr als Frauen. Meiner Erfahrung nach hat es etwas mit dem Fundament der Familie, der Herkunft zu tun.«

»Mag sein«, entgegnete Christina. »Mir gefällt das Palais und meiner Meinung nach seid Ihr der Einzige, der dessen Charme einfangen kann.«

»Ich bin gerade dabei, den Auftrag der Kaiserin abzuschließen. Wenn ich damit fertig bin, stehe ich Euch zur Verfügung. Gegen entsprechendes Honorar, versteht sich.«

»Natürlich. Ich schlage vor, sobald Ihr soweit seid, schickt Ihr mir eine kurze Notiz, wir besprechen die Einzelheiten und setzen einen Kontrakt auf.« Wenn er darauf bestand, Primadonna zu spielen, dann konnte sie das auch.

»Es wird mir eine Freude sein, Gräfin.« Er verbeugte sich und schlenderte davon. Christina sah ihm nach. Sie hatte keine Erfahrung im Umgang mit Künstlern und wusste nicht, ob sie jemals wieder von ihm hören würde. Vielleicht hätte sie doch das eine oder andere Wort bezüglich der Höhe seines Honorars fallen lassen sollen. Dann zuckte sie die Achseln. Man würde sehen. Wenn er sich zu gut war, einen Auftrag von einer Frau anzunehmen, konnte sie es auch nicht ändern. Im schlimmsten Fall würde sie Stefan ersuchen ... Der Gedanke an ihren Mann brachte sie dazu, sich umzusehen. Er war nirgends zu entdecken. Ziellos wanderte sie durch die Galerie und wieder zurück in den Ballsaal, aber er blieb unauffindbar. Auch zum Diner erschien er nicht. Später wurde der Tanz fortgesetzt, bis alle Kerzen herunter gebrannt waren. Da auch zu diesem Zeitpunkt von Stefan keine Spur zu finden war, wandte sie sich an Arabella, die ihr den Weg zu ihrem Zimmer zeigte und sich für den nächsten Tag mit ihr im Park verabredete. Christina sah ihr nach und ging zu der Tür, hinter der das Zimmer ihres Mannes lag. Vielleicht hatte er sich schon zurückgezogen. Sie hob die Hand, um zu klopfen. Dann hielt sie inne. Was sollte sie sagen, falls er öffnete? Etwa, dass sie ihn vermisst hatte? Nein, das war es ganz bestimmt nicht. Es war ... es war ... eine dumme Idee. Sie drehte sich um und kehrte in ihr eigenes Zimmer zurück, wo sie von einer gähnenden Lisbeth empfangen wurde.

14

Die Audienz bei der Kaiserin war für elf Uhr vormittags angesetzt. Während Lisbeth ihr bei der Toilette half, scheiterte Christina dabei, eine elegante Formulierung für die Frage »Wo zum Teufel hat mein Mann die Nacht verbracht?« zu finden. Stattdessen erkundigte sie sich betont gleichmütig bei ihrer Zofe: »Ist der Graf schon aufgestanden?«

Lisbeth, die gerade ein halbes Pfund falschen Haares in der Frisur ihrer Herrin unterbrachte, um die geforderte Höhe zu erreichen, erwiderte ebenso gleichmütig: »Keine Ahnung, ich habe ihn heute noch nicht gesehen.« Die Antwort war nicht dazu angetan, Christinas Laune zu heben und sie schwieg verbissen. Wenig später klopfte es an der Tür und Johann brachte eine Schmuckschatulle, sowie die Nachricht, dass der Graf sie im Vorraum zum Empfangssaal treffen würde. Einer der Hofkämmerer holte sie später ab und führte sie zu den Audienzgemächern, wo tatsächlich schon ihr Mann wartete. Und natürlich sah er wie aus dem Ei gepellt aus, ohne den geringsten Hinweis darauf, was er in der letzten Nacht getan oder nicht getan hatte. Er lächelte sie mit diesem speziellen Lächeln an, das ihr überhaupt nicht gefiel, weil sie dabei immer das Gefühl bekam, dass die Luft um sie herum zu dünn zum Atmen wurde.

»Guten Morgen, Christina, Liebste.« Sie wusste, dass er darauf wartete, dass sie sagen würde ich bin nicht Ihre Liebste, nur um ihm zu widersprechen, aber den Gefallen würde sie ihm nicht tun.

»Guten Morgen, Stefan«, entgegnete sie förmlich und ließ es zu, dass er sich über ihre Hand beugte, ehe sie sich auf einem der zierlichen Sessel niederließ.

»Ich hoffe, Sie hatten einen angenehmen Abend. Ich wurde in ein längeres Gespräch verwickelt und als ich in den Ballsaal zurückkehrte, konnte ich Euch nicht mehr entdecken.«

»Ach, tatsächlich? Eure Abwesenheit ist mir gar nicht aufgefallen«, erwiderte Christina und ordnete die Falten ihres Kleides. »Die Zeit ist wie im Flug vergangen. Ich habe getanzt, mein Nadelgeld beim Pharao verspielt und den Maler Canaletto gebeten, das Winterfeld Palais zu malen.«

Er setzte sich neben sie. »Canaletto? Das ist eine gute Idee. Hat er zugesagt?«

»Ich hatte das Gefühl, dass er mich nicht für wichtig genug hält, einen solchen Auftrag zu vergeben. Aber er will sich melden, sobald er hier fertig ist.«

Der Oberkämmerer öffnete die Tür. »Ihre Hoheit lassen bitten.« Gemeinsam betraten sie das Audienzzimmer. Die Stimme des Kämmerers ertönte wieder: »Graf und Gräfin Winterfeld.«

Die Kaiserin saß hinter einem Schreibtisch aus poliertem Nussbaumholz mit kunstvollen Intarsien. Sie trug ein blaues Kleid, dessen einziger Schmuck die Spitzen an den Handgelenken waren. Ihr Gesicht war nicht geschminkt und ihr goldblondes Haar nicht gepudert. Christina sank in den vorgeschriebenen Hofknicks, während Stefan einen Kratzfuß samt tiefer Verbeugung absolvierte

. »Winterfeld, es freut Uns, Ihn heil und gesund aus Budapest zurückgekehrt zu sehen. Und nicht nur heil und gesund, sondern auch verheiratet.« Mit einer knappen Handbewegung deutete sie auf die beiden samtbezogenen Stühle. »Nehmt Platz.« Sie richtete ihre hellen Augen auf Christina und musterte sie unverhohlen. »Gräfin Winterfeld ... so, so ... es sind Uns allerhand Gerüchte zu Ohren gekommen, über eine geplatzte Verlobung und den Grafen Winterfeld in der Rolle des edlen Ritters, aber jetzt, wo Wir Sie in Ihrer Jugend und Schönheit hier vor Uns sehen, können Wir ruhig sein. Graf Winterfeld hat sich nicht über Nacht in einen selbstlosen Samariter verwandelt.« Sie wandte sich an Stefan. »Er weiß, Wir schätzen Ihn sehr, Winterfeld, und von jetzt ab werden Wir Ihn noch mehr schätzen, da die Weiberröcke des Reiches zur Ruhe kommen. Wir vertreten die Ansicht, dass ein keuscher Lebenswandel stets zu bevorzugen ist, und bisher war Er kein Exempel diesbezüglich.«

»Majestät werden in Hinkunft mit mir zufrieden sein«, versicherte Stefan todernst und Christina biss sich auf die Lippen, um nicht zu lachen.

»Ob Wir mit Ihm zufrieden sind, ist nicht wirklich von Belang. Er strebe danach, das Wohlwollen seiner jungen Frau zu gewinnen.« Stefan legte die rechte Hand auf sein Herz.

»Tag und Nacht und mit all meiner Seele.« Die Worte hingen in der Luft und streiften Christina wie eine sanfte Brise. Sie sah zu ihm hinüber und ihre Blicke verfingen sich.

Die Kaiserin räusperte sich. »Wohlan denn, chèr amies, zum Zeichen Unseres Wohlwollens und Unserer Wertschätzung ...« Sie klatschte in die Hände und eine Kammerzofe erschien mit einem silbernen Tablett: »... eine kleine Gabe an die Braut.«

Die Kaiserin stand auf und auch Christina und Stefan erhoben sich. Sie nahm die Brosche vom Tablett und heftete sie an Christinas Kleid, dann setzte sie sich wieder hinter ihren Schreibtisch.

»Wir würden es begrüßen, wenn Ihr der heutigen Aufführung im Theater beiwohnen würdet. Man präparierte „L'arbre enchanté", ein Stück mit Musik und Gesang.«

»Es wird uns eine Ehre und ein Vergnügen sein«, antwortete Stefan. Die Kaiserin nickte.

»Gehabt Euch wohl.« Damit waren sie entlassen und nach der üblichen Referenz schlossen sich die Türen des Audienzsaals wieder hinter ihnen. Ein Lakai, der anscheinend auf Stefans Erscheinen gewartet hatte, überreichte ihm einen zusammengefalteten Zettel. Er überflog ihn und steckte ihn in die Tasche seiner Jacke.

»Schade, ich hatte gedacht, dass wir den Nachmittag gemeinsam verbringen können, aber diese Nachricht macht meine Pläne leider zunichte.«

»Ich habe selbst eine Verabredung«, entgegnete Christina. Sie hatte mit der Baronin Kernberg ein Treffen im Park um zwei Uhr vereinbart. Vorher musste sie sich noch umziehen.

»Also sehen wir uns heute Abend im Theater, Liebste?« Das wird sich kaum vermeiden lassen, dachte Christina und antwortete: »Natürlich, Stefan.«

Später spazierte sie in einem zitronenfarbenen Sommerkleid samt breitkrempigem Strohhut und Sonnenschirmchen durch den Park. Als Treffpunkt mit der Baronin Kernberg war die Dianastatue ausgemacht, die sich in einem Rondeau neben der Hauptallee befand. Christina hatte keine Schwierigkeiten, sie zu finden und setzte sich auf eine der Steinbänke. Wie immer war sie zu früh. Sie ließ den Sonnenschirm auf der Bank liegen und sah sich um. Auf den ersten Blick gab es außer der Statue nur Bäume und Büsche und einige bemooste Steine. Aber dann entdeckte sie in einem angrenzenden Rondeau ein Schachspiel. In den Boden waren schwarze und weiße Steinquadrate eingelassen, darauf standen hüfthohe, hölzerne Figuren. Christina hatte von ihrer Mutter Schachspielen gelernt und dabei rasche Fortschritte gemacht. Sie verlor selten; egal wer ihr Partner war. Aber noch nie hatte sie aus dieser Perspektive, in der sie auf dem Brett herumgehen musste, gespielt. Die Figuren standen wild durcheinander und da sie nichts Besseres zu tun hatte, stellte Christina sie wieder auf die richtigen Felder für eine neue Partie. Sie war gerade fertig und betrachtete ihr Werk mit in die Hüften gestemmten Armen, als sie eine Stimme vernahm.

»Sollte da eine römische Göttin von ihrem Sockel gestiegen sein?«

Auch ohne sich umzudrehen, wusste sie, wem die Stimme gehörte. »Ist es nicht noch zu früh am Tage, um sich dem Schnaps zu ergeben, Stefan?«

»Ich versuchte erbittert Widerstand zu leisten, doch vergebens.« Christina drehte sich jetzt doch zu ihm um. Er saß auf einer Fuchsstute und blickte auf sie hinunter.

»Klingt plausibel, ich habe Sie noch nie für einen Kämpfer gehalten«, versicherte sie ihm.

Sein Lächeln vertiefte sich, aber in seine Augen trat ein harter Ausdruck. »Höre ich da eine gewisse Aggressivität in Ihrer Stimme? Hat Ihre Verabredung Sie versetzt, Liebste?«

Sie rückte den schwarzen König um zwei Zentimeter nach links und beschloss, den Mann auf dem Pferd zu ignorieren, was vielleicht auch gelungen wäre, wenn dieser Mann auf dem Pferd geblieben wäre. Stattdessen stand er so plötzlich hinter ihr, dass sie in ihn hineinrannte als sie sich umdrehte. Unwillkürlich hielt sie den Atem an.

»Spielen Sie?«

»Wie bitte?«, fragte sie verwirrt.

»Schach. Oder ist es ein Zufall, dass Sie die Figuren richtig aufgestellt haben?«

Sie machte einen Schritt zurück und verschränkte die Arme vor der Brust. »Nein, es ist kein Zufall«, sagte sie dann sehr ruhig.

»Gut. Spielen wir.« Er ging um sie herum auf das Spielfeld und stellte sich hinter einen schwarzen Bauern. »Ich mag vielleicht kein Kämpfer sein, aber ich bin ein Spieler.«

Noch immer ablehnend kam sie näher. »Ich weiß nicht ...«

»Angst, zu verlieren, Liebste?«

Sie warf den Kopf zurück. »Niemals.«

»Dann wählen Sie den Einsatz.«

»Einsatz? Wir spielen hier nicht Pharao.«

»Jedes Spiel wird erst durch einen Einsatz interessant. Also?«

Sie überlegte. Dabei fiel ihr Blick auf ihren Ehering. »Wenn ich gewinne, dann ... « sie hob ihre Hand und spreizte die Finger »... dann trage ich nicht länger diesen Ring.«

Sein Gesicht zeigte keine Regung. »Einverstanden. Und wenn ich gewinne, dann bekomme ich einen Kuss von der Verliererin.«

Sie hatte nicht die Absicht zu verlieren, also nickte sie. »Abgemacht.«

»Weiß beginnt.« Er ging zu einer Bank und legte Dreispitz und Handschuhe ab. Christina eröffnete mit einem Bauern und Stefan erwiderte den Zug. Sie spielten schweigend und gingen zwischen den Figuren herum. Die ersten zehn Züge kamen auf beiden Seiten schnell, fast reflexartig. Christina beschloss, eine Finte mit dem Läufer aufzubauen und behielt dabei die Dame ihres Mannes im Auge und gezwungenermaßen auch ihren Mann selbst. Er trug enge sandfarbene Reithosen und glänzende Stiefel. Die flaschengrüne Jacke mit den roten Aufschlägen war aufgeknöpft und ließ ein weißes Leinenhemd sehen. Sonnenstrahlen, die hie und da durch das dichte Laub fielen, zauberten helle Lichter in sein rabenschwarzes Haar. Geschmeidig ging er zwischen den Figuren hin und her, und einmal mehr bemerkte sie die fließende Anmut seiner Bewegungen. Als er in die Knie ging, um zwischen den Figuren hindurchzublicken, spannte sich der Stoff der Hose über seinen Schenkeln und zeichnete die Konturen der Muskeln nach. Unvermittelt wurde Christina bewusst, wie heiß es an diesem Nachmittag war und sie wünschte, sie hätte ihren Fächer mitgenommen, um sich Kühlung verschaffen zu können. Er stand neben den geschlagenen Figuren am Spielfeldrand und blickte zu ihr hinüber. Schnell machte sie ihren Zug. Er ging an ihr vorbei, griff nach seinem Turm und schlug ihren Läufer.

»Schach«, sagte er dann. »Und matt.«

Ungläubig betrachtete Christina die Figuren. Sie war sicher, dass sie noch nicht einmal 20 Züge gemacht hatten, auf beiden Seiten befanden sich noch fast alle Figuren im Spiel. Aber so oft sie auch das Feld umkreiste, das Ergebnis blieb dasselbe, obwohl sie sich nicht erklären konnte, warum sie verloren hatte. Irgendetwas musste sie verwirrt haben, wahrscheinlich die ungewohnte Perspektive des Spielfeldes. Verloren. Erst jetzt dämmerte ihr, was das hieß. Sie wollte nicht, dass er sie küsste. Sie wollte es ganz und gar nicht. Einen Moment lang dachte sie daran, sich sein Pferd zu greifen und einfach zu verschwinden. Aber das löste ihr Problem nicht, sondern schob es nur auf. Er würde auf die Einlösung seines Gewinns nicht verzichten, davon war sie überzeugt.

»Schach ist wie das Leben. Man taktiert, täuscht, benutzt und plant. Aber nicht alle Pläne gehen auf.« Er kam auf sie zu und blieb vor ihr stehen.

Sie seufzte. »Bringen wir es hinter uns. Sie dürfen mich küssen.« Tapfer hob sie ihr Kinn, schloss die Augen und wartete. Und wartete. Und wartete. Als nichts geschah, öffnete sie wieder die Augen.

»Da liegt ein Missverständnis vor, Liebste. Die Abmachung lautete nicht, dass ich Sie küsse, sondern dass Sie mich küssen.« Seine Stimme klang seidenweich und der Ausdruck seines Gesichts war eher unbeteiligt. Trotzdem hätte sie schwören können, dass er sich in diesem Moment halb tot lachte. Das Lachen würde ihm noch vergehen, beschloss sie. Wahrscheinlich erwartete er einen Kuss mit spitzen Lippen. Womöglich auf seine Wange oder seine Stirn. Nun, er würde sich wundern. Sie konnte küssen, immerhin war es das Einzige, was sie mit Axel getan hatte, und sie hatte es recht ausgiebig getan. Sie würde ihn küssen, dass ihm Hören und Sehen verging und er alle Heiligen um Beistand anrief. Langsam ließ sie ihren Blick von seinen Augen zu seinem Mund wandern. Auf jeden Fall war es einfacher ihn zu küssen als Axel. Sie hatte sich immer auf die Zehenspitzen stellen müssen und er hatte den Kopf zu ihr hinunter gebeugt. Manchmal hatte er sie auch dabei hochgehoben, damit sie die Arme um seinen Hals schlingen konnte, und ihre Beine zappelten in der Luft. Stefan war so groß wie sie samt ihrer Absätze und sie brauchte nur leicht den Kopf zur Seite neigen und sich etwas vorzubeugen.

Ihre Lippen streiften seine, behutsam, sanft und sehr unschuldig. Sie zog den Kopf wieder zurück, um ihm das Gefühl zu geben, dass die Sache beendet wäre, aber im gleichen Moment als er den Mund öffnete, um etwas zu sagen, schlug sie zu und presste ihre Lippen auf seine. Ihre Zunge machte sich auf die Suche nach seiner und umkreiste sie spielerisch. Sie spürte, wie er erstarrte, aber eine Sekunde später hatte er sich gefangen und legte die Arme um sie. Sie fuhr fort, die samtige Feuchtigkeit seines Mundes zu erforschen, erstaunt, dass es angenehmer war als sie erwartet hatte.

Axel hegte eine Zuneigung zu den dünnen Tabakstäbchen, die aus Übersee kamen, und war auch einem guten Glas Wein nicht abgeneigt und danach schmeckten auch seine Küsse. Stefan rauchte nicht, das wusste sie, und entgegen seiner früheren Behauptung merkte sie jetzt, dass er auch nichts getrunken hatte. Sie überlegte, welches Wort seinem Kuss wohl am ehesten entsprach, kam aber zu keinem Ergebnis. Ihre Hände lagen an seiner Brust und sie spürte die Wärme seiner Haut und das schnelle Stakkato seines Herzens durch das Leinenhemd. Er war so lebendig, so voll ungezähmter Kraft in dieser Welt der Künstlichkeit und des schönen Scheins. Seine Finger wanderten über ihren Rücken und er zog sie so fest an sich, dass die Knöpfe seiner Jacke schmerzhaft in ihre weiche Haut drückten.

Pur, dachte sie, er schmeckt wie die pure Essenz des Lebens. Und das war der letzte klare Gedanke, den sie hatte, denn im gleichen Moment glitt seine Zunge in ihren Mund. Alles Denken verschwamm und zurück blieb nichts als Fühlen. Sein harter Körper an ihrem, die glatte Haut seiner nackten Brust, die sich plötzlich unter ihren Fingerspitzen befand, der Duft nach Sonne und Sommer, der in seinem Haar hing, seine Zunge, die nicht aufhörte, ihren Mund zu attackieren. Sie wusste nicht, wie lange sie so standen, Zeit hatte aufgehört zu existieren, sie wusste auch nicht, ob sie freiwillig je wieder damit aufgehört hätte, ihn zu küssen oder sich von ihm küssen zu lassen und sie würde es auch nie erfahren, da Stefan sie losließ.

Im gleichen Moment hörte sie durch den Schleier, der über ihrem Bewusstsein lag, eine helle Stimme ihren Namen rufen. Sie schüttelte den Kopf, um ihn klar zu bekommen und presste dann die Finger an die Schläfen. Heilige Maria Mutter Gottes und alle Erzengel. Was war ihr jetzt wieder aus den Händen gerutscht?

Vorsichtig sah sie zu Stefan. Seine Augen glänzten dunkel. Er atmete schwer. Sein vorher akkurat frisiertes Haar fiel in wirren Strähnen in sein Gesicht – sie hatte nicht einmal gemerkt, dass ihre Finger darin wühlten, genauso wenig wie sie gemerkt hatte, dass sie die obersten Hemdknöpfe abgerissen hatte, um seine nackte Haut zu spüren.

»Christina«, hörte sie wieder die Stimme der Baronin Kernberg.

»Christina«, flüsterte ihr Mann und streckte seine Hand aus.

Voller Panik taumelte sie einige Schritte zurück. »Es ... tut mir Leid«, murmelte sie und sah wie die Hand herunterfiel. Sie drehte sich um und hastete in das Rondeau, wo neben der Dianastatue ihre Freundin Arabella stand, und den vergessenen Sonnenschirm in ihrer Hand hielt.

Christina fing den Blick auf, mit dem die Frau sie musterte, und las das Ergebnis in ihren Augen, noch bevor sich ihr Mund zu einem Lächeln verzog. »Sieht aus, als hätten Sie sich die Wartezeit recht angenehm vertrieben, Christina.«

Die Worte brachten ihre ohnehin erhitzten Wangen zum Glühen. Statt einer Antwort griff sie nach dem Sonnenschirm, den ihr die Baronin reichte. »Diese Art von Zeitvertreib ist auch meine liebste. Sie müssen nur darauf achten, dass Ihr Mann nichts davon erfährt.« Die Brauen der Baronin wanderten nach oben, als Christina Anstalten machte, an einem Hustenanfall zu ersticken.

15

Die Reitgerte klatschte ärgerlich gegen Stefans Stiefel, als er von den Ställen über den Hof zum Haus ging. Fast zwei Wochen waren seit dem Aufenthalt in Schönbrunn vergangen. Seit dem Kuss. Der Kuss, der seine Fantasie Tag und Nacht beschäftigte und keine wie immer geartete Fortsetzung erfahren hatte. Ganz im Gegenteil. Wenn irgend möglich, ging ihm Christina jetzt noch mehr aus dem Weg als früher. Sie verbrachte die Nachmittage mit neuen Freundinnen bei Schneiderinnen und Putzmacherinnen, nahm Einladungen zu Kaffee und Kuchen an, und besuchte jeden Abend einen anderen Empfang. Ohne ihn natürlich. Er wusste vom gegenwärtigen Ort, an dem seine Frau Zerstreuung suchte, nur von Johann, der akribisch über angenommene und abgelehnte Einladungen Buch führte. Täglich stapelten sich Kärtchen, auf denen das Erscheinen der Gräfin Winterfeld bei einem Galatag oder einer Redoute dringend gewünscht wurde und Stefans Befürchtung, seine Frau würde als gesellschaftliche Außenseiterin dahin vegetieren, erwies sich als sein ganz persönlicher Wunschtraum. Die Worte, die sie wechselten, wenn sie sich gelegentlich im Haus oder im Park trafen, waren höflich und belanglos. Und Christina schien damit mehr als zufrieden zu sein. Was er von sich natürlich nicht behaupten konnte. Aber all seine Versuche, die Distanz zwischen ihnen zu überbrücken, glitten an ihr ab wie Wasser an einer Glasscheibe. Im Moment war er mit seiner Weisheit am Ende. Er hatte sich nie sonderlich bemühen müssen, eine Frau für sich einzunehmen. Und jetzt, wo es zum ersten Mal wirklich wichtig für ihn war, scheiterte er kläglich.

Er öffnete die Tür und drückte dem herbeieilenden Diener Dreispitz und Gerte in die Hand. Schon wollte er weiter in sein Arbeitszimmer eilen, als der Diener mit einem leichten Hüsteln seine Aufmerksamkeit auf sich zog.

»Baron Krieglach erwartet Euch im blauen Salon.«

»Danke.« Stefan öffnete die Tür und begrüßte Rudolf erfreut. »Lange her, dass wir uns getroffen haben, alter Freund.«

»Ich wollte ja nicht deine Flitterwochen stören, mein Lieber.«

Stefans Gesicht überschattete sich. »Da gibt's nicht viel zu stören.«

»So schlimm?« Rudolf betrachtete seinen Freund.

»Ich will nicht darüber reden. Was führt dich her?« Während er sprach, hatte er eine Karaffe dekantiert und goss die rubinrote Flüssigkeit in zwei Gläser. Rudolf nahm eines davon und nippte an dem Wein. »Ich komme, um mich zu verabschieden. Morgen früh reise ich zu meiner Verwandtschaft mütterlicherseits nach Prag. Als einziger Sohn hat man so seine Pflichten, wenn du weißt, was ich meine.«

»Oh ja. Wann kommst du zurück?«

»Schätze, Ende September, Jagdsaison und die Hochzeit des Thronfolgers.«

»Liechtenstein bricht noch im August nach Parma auf. Er ... «, Stefan verstummte.

»Hat man dich auch zu den Vorbereitungen vergattert?«, erkundigte sich Rudolf mitfühlend.

»Joseph hat nur kurz mit mir gesprochen, er ist über die ganze Chose nicht sehr erfreut.«

»Kein Wunder, hättest du mit knapp zwanzig heiraten wollen? Noch dazu eine Frau, die dir deine Mutter aussucht?« Rudolf schüttelte sich.

»Er hat mich gebeten, den Brautzug nach Parma zu begleiten.«

»Und? Wirst du?«

Stefan fuhr sich durchs Haar. »Der Zeitpunkt ist schlecht ... ich kann weder etwas an dem Kontrakt ändern noch die Hochzeit verhindern, was er sich am sehnlichsten wünschen würde.«

»Du willst nicht weg ... wegen Christina?«, fragte Rudolf milde überrascht. Stefan schwieg. Er hatte sich schon Blöße genug gegeben. »Sie ist ausgesprochen beliebt geworden«, fuhr Rudolf fort.

»Ich weiß«, antwortete Stefan einsilbig.

»Weißt du auch, dass sie die Baronin Kernstock zu ihrer Busenfreundin auserkoren hat?«

»Sollte mich das bekümmern? Sie ist eine Hofdame der Kaiserin, ihre Reputation kann so schlecht nicht sein.«

»Ich vergesse immer, dass du ein Jahr weg warst. Es gibt allerlei Getuschel über sie. Nichts Greifbares, sobald ich Näheres wissen wollte, verschlossen sich meine Gesprächspartner wie Austern.«

»Ich werde sie im Auge behalten, danke für den Hinweis. Andererseits wird sich Christina von niemandem vorschreiben lassen, mit wem sie ihre Zeit verbringt, von mir schon gar nicht.« Die Bitterkeit in seiner Stimme fiel sogar ihm selbst auf, und deshalb konnte er es Rudolf nicht verübeln, dass dieser sich auf den Heimweg machen wollte. Sie umarmten sich zum Abschied und Stefan brachte seinen Freund zur Tür, bevor er selbst in Richtung seines Arbeitszimmers strebte. Dort angekommen, setzte er sich an seinen Schreibtisch, der unter der Last vernachlässigter Korrespondenz fast zusammenbrach. Seufzend nahm er den ersten Brief und öffnete das Siegel. Gerade, als er dabei war, das vierte Schreiben zu beantworten, erhielt seine Konzentration eine empfindliche Störung. Die Tür des Arbeitszimmers war weit geöffnet und er hörte ein eigenartig klickendes Geräusch, das langsam näher kam. Stirn runzelnd blickte er auf. Ihm gegenüber im Türrahmen stand die seltsamste Kreatur, die er je gesehen hatte. Sie war klein und grau und erinnerte entfernt an ein Schwein. Ungläubig starrte er hinüber und das Schwein starrte zurück. Was es sah, schien sein Wohlgefallen zu finden, denn es stakste auf steifen Beinen über das glatte Parkett näher. Die kleinen Hufe verursachten dabei wieder das helle Klicken. Mitten im Zimmer blieb es stehen und drehte witternd den Kopf.

»Juuuuliaaaa«, tönte in diesem Moment Christinas Stimme durch die Gänge. Stefan legte die Feder endgültig weg und wartete, was weiter passieren würde. Er musste nicht lange warten. Christina stürzte ins Zimmer.

»Haben Sie ... ach, da bist du ja, meine Süße«, rief sie im selben Moment, als sie die schweineähnliche Kreatur entdeckte und machte hastig ein paar Schritte darauf zu. Das Tier – Julia, wie Stefan messerscharf kombinierte – quiekte hoch und schrill und verschwand mit einem Satz unter seinem Schreibtisch.

»Ach, verdammt«, Christina stampfte mit dem Fuß auf.

Stefan lehnte sich im Sessel zurück. »Worüber soll ich mich zuerst wundern? Über Ihren Wortschatz oder über – Julia?«

Sie ignorierte seine Frage und kniete sich nieder, um unter den Schreibtisch zu spähen. Schließlich gab sie auf und zog einen Sessel näher, damit sie ihm gegenübersaß. Sie trug ein einfaches gemustertes Hauskleid mit einem züchtigen Ausschnitt. Aus dem Chignon an ihrem Hinterkopf hatten sich ein paar Strähnen gelöst und sie strich sie hinter die Ohren. Entzückende kleine Ohren, wie er wieder einmal feststellte.

»Das ist eine sehr komplizierte Geschichte«, begann sie mit einem Seufzen. »Ursprünglich gehörte Julia einer siamesischen Prinzessin. Die Prinzessin schenkte sie der Frau des englischen Botschafters und die wiederum ihrer Tochter, die einen preußischen Adeligen heiratete und … «

»Christina, warum hockt in diesem Moment ein graues Schwein unter meinem Schreibtisch?«, unterbrach Stefan ihre Erklärungsversuche.

Christina drehte ihren Ehering. »Ich habe es gekauft.«

Einen Moment lang sah er sie ungläubig an. »Und zu welchem Zweck, wenn ich fragen darf?«

»Es ist très chic, ein exotisches Haustier zu haben. Fürstin Erdöny hat einen Papagei, der immer auf ihrer Schulter sitzt und Frau von Hegeretz besitzt einen Affen, den sie an einem juwelenbesetzten Halsband spazieren führt.«

»Und Sie gedenken, ein graues Ferkel an einer goldenen Leine hinter sich herzuzerren?«

Sie lächelte entwaffnend. »Nein. Es gibt einen Henkelkorb mit Samtpolsterung, darin wird Julia getragen. So kann ich sie überall hin mitnehmen. Zu jeder Einladung, auf jede Redoute … «

»Kein Wunder, dass das Schwein vor Panik flüchtet«, stellte Stefan trocken fest.

»Helfen Sie mir, es einzufangen? Ich verspreche, es wird Sie nicht mehr belästigen, ich werde in Zukunft besser auf Julia aufpassen.«

»Erwarten Sie allen Ernstes, dass ich in Zukunft mein Haus mit einem Schwein teile?«

»Sie werden seine Anwesenheit gar nicht bemerken ... «

Ein schmatzendes Geräusch ließ vermuten, dass Julia etwas Interessantes gefunden hatte. Stefan zog seine Beine unter dem Schreibtisch hervor und betrachtete die angenagte Stiefelspitze. »Ich glaube, es wäre für alle Beteiligten besser, wenn Julia ihre Koffer packt und sofort zum nächsten Bauernhof aufbricht.«

Christina sprang auf und stützte die Hände auf seinen Schreibtisch, was ihr Dekolleté in eine für ihn durchaus reizvolle Position brachte. »Nein, auf keinen Fall, Sie können nicht so hartherzig sein, sie in irgendeinen Stall mit ganz gewöhnlichen Schweinen stecken zu wollen. Sie ist etwas Besonderes, eine Prinzessin.«

Die Prinzessin begann an seinem anderen Stiefel zu knabbern und Stefan zog sein Bein weg. »Was immer sie ist, sie wird nicht hierbleiben.«

»Doch ... ich werde mich um sie kümmern, sie wird nicht mehr entwischen ... ich verspreche es ... bitte, Stefan.« Es waren die letzten beiden Worte, die seine längst gefällte Entscheidung gefährlich ins Wanken brachten. Mit einem Anflug von Resignation fragte er sich, wann er das letzte Mal Herr über sein Leben gewesen war. Er kannte auch die Antwort darauf. »Wenn Sie mich wirklich zwingen, Julia wegzugeben«, sagte Christina, die sich zu einem Wechsel der Taktik entschieden hatte, »dann werde ich Sie für den Rest meiner Tage hassen.«

Seine Finger spielten mit der Gänsefeder. »Tun Sie das nicht bereits?« Er hob den Kopf und sah sie an.

Ein paar Sekunden hielt sie seinem Blick stand, dann fixierte sie einen Punkt auf der Schreibtischplatte. »Nein ... das tue ich nicht. Ich ... ich ... «, sie brach ab und machte eine hilflose Handbewegung. Ihre Stimme klang leise, als hätte sie Angst, den nächsten Satz laut auszusprechen. »Ich hasse Sie nicht.«

Es war nicht das, was er hören wollte. »Heute scheint ja wirklich mein Glückstag zu sein«, sagte er bitter und bückte sich, um das nichts ahnende Schwein mit einem schnellen Griff zu packen. Es quiekte und trat mit den Beinen um sich. Mit ausgestreckten Armen hielt er es von sich weg und stand auf. »Hier«, er reichte es Christina, die es an ihre Brust drückte. Sofort hörte es auf zu zappeln und Stefan überlegte, wie tief man sinken musste, um ein Schwein zu beneiden.

»Ich darf es behalten?«, fragte Christina misstrauisch.

»Wenn es sich noch einmal an meinen Stiefeln vergreift, landet es auf einem Spieß.«

Christina drückte Julia fester an sich, und marschierte aus dem Zimmer. »Warten Sie«, rief er ihr nach. Sie drehte sich um, blieb aber in sicherer Entfernung, falls er seine Meinung doch noch ändern würde. »Ich habe mit Bernardo Bellotto gesprochen.« Diese Worte brachten sie dazu, wieder zurückzukommen. »Er wird das Palais malen, sobald er im Schloss Schönbrunn fertig ist. Laut seiner Aussage in etwa zwei Wochen.«

Ihre Augen leuchteten vor Freude auf und Stefan verfluchte das elende Schwein einmal mehr. Möglicherweise wäre sie ihm um den Hals gefallen, wenn sie die Arme frei gehabt hätte.

»Wirklich? Ach, was bin ich froh. Ich habe nicht geglaubt, dass er sich tatsächlich melden wird. Er war mehr als nur arrogant.«

»Dort, wo Worte nichts mehr nützen, tun ein paar einfache Goldmünzen ganz brauchbare Dienste.«

Sie nickte. »Ja, ich dachte daran, aber leider zu spät.«

»Soll das heißen, Sie beginnen sich meinem dekadenten Verhältnis zu Geld anzuschließen?«

Ihr helles unbekümmertes Lachen ließ sein Herz schneller schlagen. »Ich muss zugeben, es hat seine Vorteile, reich zu sein.«

Er räusperte sich.»Da wäre noch etwas. Mein Haus wird der Nachwelt nicht gemeinsam mit einem Schwein überliefert werden. Haben wir uns verstanden?«

Sie lächelte unschuldig. »Aber natürlich.« Und er war absolut sicher, dass es mehr als nur ein Bild von seinem Haus samt Schwein geben würde.

16

In den nächsten Tagen sorgte Christina mit Julia für Furore und Gesprächsstoff, eine willkommene Abwechslung in der ruhigen Sommersaison. Man überbot sich mit Einladungen, auf denen Julia mit Ah und Oh bestaunt wurde. Die Begeisterung dauerte so lange an, bis das Schwein in einem unbeobachteten Augenblick aus seinem Korb sprang und zwischen raschelnden Seidenröcken das Weite suchte. Unter Geschrei, Gezeter und Ohnmachtsanfällen der weiblichen Ballgäste gelang es Christina schließlich, Julia einzufangen und in den Korb zu verfrachten. In Zukunft jedoch, so machte man ihr klar, hatte das Schwein gesellschaftlichen Einladungen fern zu bleiben. So saß Christina mit Julia in der Küche und fütterte sie zum Trost mit Salat und Rüben. Zwei der Gärtner hatten im Park ein Stück Rasen eingezäunt und aus alten Brettern einen Verschlag gezimmert, um Julia ein eigenes kleines Reich zu geben. Leider wollte Julia kein eigenes kleines Reich, sondern ein ganzes Imperium und als solches betrachtete sie das Winterfeld Palais. Die Angestellten gewöhnten sich schnell an den neuen Hausgenossen, immer war eine Leckerei oder zumindest eine Streicheleinheit für das Schwein in Reichweite. Wenn Christina ihre neuen Freundinnen, deren Zahl stetig größer wurde, empfing, lag Julia auf einem Sofa oder einem Kissen, um alles im Auge zu behalten.

Stefan hatte Wort gehalten und beharrte weder darauf, zu kontrollieren, wo seine Frau sich gerade aufhielt, noch mit wem sie ausging. Kein einziges Mal waren sie sich bisher bei einer Gesellschaft begegnet und Christina hielt das für einen ausgesprochen glücklichen Zufall. Auch hatte er nach dem Kuss, den Christina in den hintersten Winkel ihres Gedächtnisses verbannte, dankenswerterweise keinen Versuch unternommen, den Vorfall in einer dunklen Ecke zu wiederholen. Seine Einladungen zu einer Ausfahrt, einem Konzertbesuch oder einem Spaziergang abzulehnen, kostete keine große Mühe, da Christina stets eine gefällige Ausrede zur Hand hatte. Ihr Tagesablauf pendelte sich ebenfalls ein. Am späten Vormittag ritt sie mit ihren neuen Freundinnen aus, das Mittagessen nahm sie häufig in der Stadt ein und der Nachmittag gehörte Besuchen bei Schneiderinnen. Abends galt es, eine der zahlreichen Einladungen anzunehmen, von denen sie erst in den frühen Morgenstunden wieder nach Hause zurückkehrte. Ihr Leben hatte an Tempo gewonnen und zwar in einem Ausmaß, das sie daran hinderte, über den Inhalt nachzudenken.

Die Baronin Kernstock kam regelmäßig aus Schönbrunn nach Wien und ließ es sich nicht nehmen, Christina ebenso regelmäßig zu besuchen und sie über den neuesten Klatsch am Hofe zu informieren. In der Stadt zeigte sie ihr, wo man die besten Duftwässerchen, die feinsten Handschuhe und die ausgefallensten Bänder bekam, welche Kaffeehäuser in der vornehmen Welt gerade en vogue waren und wo man sich besser nicht sehen ließ. Schließlich verabredeten sie sich auch für den gemeinsamen Besuch von Galatagen und Redouten. Die Abgeklärtheit und Erfahrung der Baronin imponierte Christina mehr als sie je zugegeben hätte. Eine so weltgewandte Freundin zu haben, die ihre Überlegenheit nicht im Geringsten ausspielte und sie in keinster Weise bevormundete, war eine gänzlich neue Erfahrung für sie. Zwar brachte sie die Ungezwungenheit, mit der Arabella über einschlägige Intimitäten plauderte und ihre Liebhaber miteinander verglich, oft in Verlegenheit. Aber um ihre Freundin daran zu hindern, hätte sie ihr die Wahrheit über ihre Ehe erzählen müssen und dazu war Christina merkwürdigerweise nicht bereit. Sie kicherte und tat, als wüsste sie, was Arabella meinte, wenn sie von „klein, aber feurig" oder „mangelndem Standvermögen" sprach. Genauso nebensächlich zeigte ihr Arabella jede Frau, die, ihres Wissens nach, irgendwann in „näherer" Bekanntschaft zu Graf Winterfeld gestanden hatte und das waren eine ganze Menge. Natürlich berührte es Christina nicht, sie war nur erstaunt über die Anzahl und darüber, dass er keinen bestimmten Typ bevorzugte. Sie wusste auch von ihren anderen verheirateten Freundinnen, dass es beinahe zum guten Ton gehörte, Liebhaber und Mätressen zu unterhalten. Da die Anzahl der Personen in diesen Kreisen beschränkt war, mussten alle Beteiligten früher oder später aufeinander treffen und das passierte in überraschend freundschaftlicher Atmosphäre. Man lebte und ließ leben, ein alter Wiener Grundsatz.

Christina war sich nicht ganz sicher, wann sie damit anfing, sich zu fragen, ob Stefan gegenwärtig eine Geliebte hatte. Und warum sie sich das überhaupt fragte. Aber nachdem sie einmal damit begonnen hatte, bekam sie die Frage nicht mehr aus ihrem Kopf. Genauso wenig wie die Worte, die er bei seinem Heiratsantrag zu ihr gesagt hatte: »Glaub mir, wir beide werden eine Menge Spaß haben.« Oder die Erinnerung daran, wie er ihr die Handschuhe ausgezogen hatte. Oder an den Kuss. Sie hasste es, wenn ihre Gedanken ständig um ihn kreisten und ihre Fantasie sich die wildesten Szenen mit ihm als Hauptdarsteller zurechtbog. Sie liebte ihn nicht. Sie liebte Axel. Er war es, von dem sie träumen sollte. Arabellas Stimme riss sie aus ihren Gedanken.

»Übrigens wollte ich dich schon länger fragen, ob du nicht Lust hast, einmal etwas ganz Außergewöhnliches zu unternehmen.«

Außergewöhnlich war immer gut.

»Natürlich. Woran denkst du?« Arabella lächelte geheimnisvoll.

»Es gibt eine Gruppe, die sich manchmal trifft, um an ungewöhnlichen Orten ungewöhnliche Dinge zu tun.«

»Ungewöhnliche Orte?«, wiederholte Christina fragend.

Arabella beugte sich noch näher zu ihr. »Ruinen, alte Kirchen, unbewohnte Häuser.«

»Und was tut man dort Ungewöhnliches?« Ihre Neugier war geweckt.

»Man forscht nach dem Unerklärbaren, ein Medium versucht, mit den Toten zu sprechen, Auskunft über die Zukunft zu bekommen.« Ihre Stimme war zu einem Flüstern geworden. Christina blickte sie mit einer Mischung aus Unglauben und Faszination an. »Hast du schon einmal mit einem Toten gesprochen?«

»Oh ja, und die Dinge, die sie uns berichten, sind ganz und gar ungeheuerlich.« Ein Schauer lief über Christinas Rücken. »Und du meinst, ich könnte ...«

»Unter zwei Bedingungen ... nur in meiner Begleitung und nur, wenn du niemandem davon erzählst. Absolute Diskretion.«

»Da passiert doch nichts Verbotenes?«, fragte Christina.

Arabella lachte. »Nur ein kleiner Nervenkitzel, aber unsere prüde Kaiserin hat etwas gegen alles, was sie nicht versteht, darum finden die Zusammenkünfte auch heimlich statt.«

Christina überlegte. Sie hatte schon von Menschen gehört, die über eine spezielle Verbindung zu Geisterwelten verfügten. Einen von ihnen kennen zu lernen, gehörte zu ihren heimlichen Wunschträumen. Und dass Arabella sie für vertrauenswürdig genug hielt, um ihr davon zu erzählen, schmeichelte ihr ungemein. »Ich würde dich gerne zu so einem Treffen begleiten.«

Arabella griff nach ihrer Hand und drückte sie. »Wenn die nächste Zusammenkunft stattfindet, dann nehme ich dich mit. Dort drüben ist übrigens dein Mann.«

Christinas Kopf flog herum. Tatsächlich stand am anderen Ende des Raums Stefan und war in eine Unterhaltung mit einer exquisit gekleideten Frau vertieft. Natürlich ersparte ihr Arabella nicht den Hinweis, dass die Fürstin Radozy vor ihrer Ehe eine kurze leidenschaftliche Affäre mit Stefan gepflegt hatte und dass der Fürst vor mehr als einem Jahr gestorben war. So sehr Christina sich auch bemühte, sie konnte ihre Augen nicht von dem Paar wenden. Dabei taten die beiden nichts weiter, als sich zu unterhalten. Keine tiefen Blicke, kein Kokettieren mit dem Fächer, keine Küsse auf Hände, Wangen oder sonst wohin. Womit sie wieder beim Thema war. Der Kuss, den sie tunlichst zu vergessen suchte. Ob Stefan die Fürstin auch so geküsst hatte? Anzunehmen. Ob die Fürstin dabei auch angefangen hatte, ihm das Hemd vom Leib zu reißen? Wahrscheinlich nicht nur das Hemd. Sie sah nicht aus, als gäbe sie sich mit halben Sachen zufrieden. Halbe Sachen. Ogottogottogott, sie musste aufhören, an die andere Hälfte zu denken und zwar sofort. Sie musste aufhören, sich Dinge vorzustellen, die sie sich gar nicht vorstellen konnte. Sie musste wieder das brave, kluge, reservierte Mädchen sein, zu dem ihre Mutter sie erzogen hatte. Sofort. Das Paar, das sie beobachtete, schien die Konversation zu beenden, wie Christina erleichtert feststellte. Nein, verdammt, sie war nicht erleichtert. Stefan beugte sich über die Hand der Fürstin. Christina reckte den Hals. Das Weibsbild trug keine Handschuhe und er tat nicht nur so, sondern er berührte ihre Haut tatsächlich mit seinen Lippen. Also doch. Sodom und Gomorra direkt vor ihren Augen. Die Fürstin lächelte ihm zu, klappte ihren Fächer auf und verschwand in der Menge. Stefan sah ihr einen Moment lang nach, dann drehte er sich um, und zwar so plötzlich, dass Christina nicht mehr unauffällig in eine andere Richtung schauen konnte. Seine Braue rutschte in die Höhe und er kam gemächlich auf sie zu.

»Baronin Kernberg.« Er deutete eine Verbeugung an und Arabella neigte leicht den Kopf. Dann erfrechte er sich, nach ihrer eigenen Hand zu greifen und die Lippen, die gerade eine andere Frau liebkost hatten, darauf zu pressen.»Christina, Liebste.«

Sie konnte ihm hier nicht widersprechen und er wusste es. Also schob sie ihr Kinn vor und lächelte strahlend. »Stefan, Sie hier? Welche Freude!« Ihre Betonung ließ ihn nicht im Zweifel, dass sie mit der gleichen Freude in einen Rossapfel gebissen hätte.

Er wandte sich an Arabella. »Ich erinnere mich an Euren Mann, Baronin. Wir haben die eine oder andere Jagdpartie gemeinsam besucht. Erlaubt mir, Euch nachträglich zu kondolieren. Wann ist er denn verstorben?«

»Im Dezember sind es drei Jahre. Nach seinem Tod kümmerte ich mich um die Besitzungen in Mähren. Die Kaiserin war so gnädig, mich später an den Hof zu berufen.«

»Unsere Kaiserin ist für ihre Großzügigkeit bekannt«, stellte Stefan fest. »Und ich bin froh, dass meine Frau durch diese Großzügigkeit eine Freundin gefunden hat, die sie unbeschadet durch die Sümpfe der Wiener Gesellschaft geleitet.« Seine Stimme klang so nebensächlich, wie es für diese Art der Konversation üblich war und er wischte ein Stäubchen vom Ärmel seiner Jacke, ehe er die Baronin anblickte.

»Es ist ein reines Vergnügen, die Zeit mit Eurer Frau zu verbringen«, lächelte Arabella. »Aber wem erzähle ich das?«

»Ich kann es nicht oft genug hören«, auch Stefan lächelte jetzt. »Dieses Vergnügen zu entbehren, würde mich dazu zwingen, mir meine Zeit mit weniger charmanten Dingen zu vertreiben.«

Die Baronin klappte ihren Fächer auf. »Nun, dann will ich Euch nicht daran hindern, die Gesellschaft Eurer Frau zu genießen.« Sie nickte ihm zu und wandte sich an Christina: »Wir sehen uns dann später.«

Christina, die das Gefühl hatte, einem Duell mit Worten statt mit Klingen beigewohnt zu haben, runzelte die Stirn. »Es ist Ihnen doch klar, dass Sie meine Freundin vertrieben haben«, fragte sie dann ärgerlich.

Er zuckte die Achseln. »Ich bin mir keiner Schuld bewusst. Ein paar Worte höfliche Konversation ...«

»Ich bin nicht ganz so naiv, wie ich vielleicht aussehe. Irgendetwas haben Sie in dieser kryptischen Botschaft verschlüsselt, und wenn ich auch nicht weiß was, dann sehe ich doch das Ergebnis: meine Freundin sucht das Weite.«

»Sie wird schon wiederkommen. Lassen Sie uns tanzen, drüben formiert man sich zu einer Bourree«, sagte er ablenkend. Sie gliederten sich in den Kreis ein und während sie auf die Musik warteten, zischte ihm Christina zu: »Ich wünsche nicht, dass Sie sich in mein Leben und meine Freundschaften einmischen.«

Er sah sie an. »Ich mische mich nicht ein. Ich rate Ihnen nur zur Vorsicht. Über die Baronin ist allerhand Tratsch im Umlauf, ich wollte ihr nur zu verstehen geben, dass ich mein Eigentum zu schützen weiß.«

»Ihr Eigentum?« Sie spuckte die Worte aus und riss sich von ihm los, ohne auf die Blicke der Umstehenden zu achten. »Ihr Eigentum steht gerade im Begriff, sich selbstständig zu machen, Graf Winterfeld.« Sie drehte sich um und rauschte aus dem Saal. Dann wurde ihr Abmarsch allerdings abrupt gestoppt, da sie sich in diesem Haus nicht auskannte. Wahllos öffnete sie die erste Tür und setzte sich auf das dort befindliche Sofa. Wie konnte er? Wie konnte er sie als sein Eigentum bezeichnen? Als wäre sie ein Tisch oder ein Stuhl in seinem Haus. Sie merkte, dass sie weinte und wischte die Tränen mit dem Handrücken weg.

»Es tut mir Leid«, sagte eine Stimme neben ihr. Sie blickte auf und sah Stefan, der ihr sein Taschentuch hinhielt. Ohne lange zu überlegen, griff sie danach und putzte sich geräuschvoll die Nase.

»Wie können Sie mich als Ihr Eigentum bezeichnen? Was bin ich für Sie? Ein Möbelstück? Ein Pferd? Haben Sie überhaupt keine Achtung vor mir?«, stammelte sie unzusammenhängend.

»Sie sind meine Frau, das wollte ich damit sagen und nichts anderes«, antwortete er und kniete sich vor ihr nieder. Völlig überrascht ließ sie es zu, dass er nach ihrer Hand griff und sie festhielt.

»Christina, Sie sind meine Frau, und wenn Sie es zuließen, dann wären Sie noch viel mehr. Mein Freund, meine Vertraute, mein Partner und meine Geliebte.«

Sie knüllte das feuchte Taschentuch zusammen und fühlte, wie ihr wieder die Tränen in die Augen stiegen. Die richtigen Worte vom falschen Mann.

»Es tut mir Leid«, wiederholte er. »Ich wollte Sie nicht kränken oder beleidigen. Ich wollte Ihnen nur klarmachen, dass ich Sie beschützen werde, komme, was da wolle.« Er hob die Hand und fuhr mit dem Daumen über ihre Wange. »Ich bin Euer Ritter, schöne Dame, auch wenn meine Rüstung nicht weiß und glänzend, sondern rostig und eine Nummer zu groß ist.« Er lächelte und einen Moment lang vergaß sie, dass er der falsche Mann war und verlor sich in den Tiefen seiner leuchtenden Augen. Mit einer geschmeidigen Bewegung stand er auf und ging zur Tür. »Seien Sie vorsichtig, was die Baronin betrifft. Es ist unmöglich, irgendetwas über ihre Zeit vor der Heirat mit Kernberg in Erfahrung zu bringen. Das alleine ist kein gutes Zeichen.«

»Sie haben ihr nachspioniert?«, fragte Christina fassungslos.

»Ja, das habe ich. Aus dem einfachen Grund, weil Sie meine Frau sind und mir Ihr Wohlergehen nicht gleichgültig ist.«

»Sie haben kein Recht ...«

Er hatte die Tür bereits geöffnet, drehte sich jetzt aber noch einmal um. »Ich habe kein Recht?«, wiederholte er kalt. »Vorhin wollten Sie wissen, was Sie für mich sind. Aber haben Sie sich jemals gefragt, was ich für Sie bin?« Die Tür fiel mit einem hässlichen Knall ins Schloss und ließ Christina allein zurück.

17

Christina lag quer auf ihrem Bett und blätterte im Wiener Diarium. Gerade, als sie einen Artikel über das neueste Wundermittel zur Sommersprossenbekämpfung las, klopfte es an der Tür und eines der Mädchen brachte einen versiegelten Umschlag. Obwohl das Siegel bis zur Unkenntlichkeit verschmiert war, erkannte sie die Schrift ohne Probleme und drehte deshalb das Schreiben unschlüssig zwischen den Fingern. Stefan hatte die Baronin Kernberg nicht wieder erwähnt. Was nicht weiter schwierig war, da er außer »Guten Morgen« und »Auf Wiedersehen« überhaupt nichts mehr sagte. In den letzten Tagen beschlich sie zunehmend das Gefühl, dass er ihr aus dem Weg ging. Seltsamerweise erfüllte sie das nicht mit Befriedigung. Sie brach das Siegel und las Arabellas Nachricht. »Heute. Eine Stunde vor Mitternacht bei der Pestsäule.« Ihr Herz schlug schneller. Die Möglichkeit, Antworten auf Fragen zu bekommen, die sie schon seit Langem beschäftigten, lag in greifbarer Nähe. Wo befand sich die Seele wirklich? Waren Blitze Zeichen der Wut Gottes, die die Menschen irgendwann vernichten würden? Gab es ein Leben nach dem Tod? Lebten tief in der Erde tatsächlich kleine Menschen? Barg der Stein der Weisen das Geheimnis, Eisen zu Gold zu schmieden?

Sie würde am vereinbarten Treffpunkt erscheinen, keine Frage. Stefan tat der Baronin Unrecht. Sie war eine gute Freundin mit exaltierten Interessen. Kein böswilliges Monster. Christina legte die Zeitung zusammen. Außerdem konnte sie das Treffen immer noch verlassen, wenn ihr etwas daran nicht gefiel und brauchte kein zweites Mal hinzugehen. Das Ganze war ein Abenteuer nach ihrem Sinn und ihr Körper begann vor Vorfreude zu vibrieren. Sie ließ sich das Abendessen unter dem Vorwand, an Kopfschmerzen zu leiden, auf ihr Zimmer bringen, da sie nicht die geringste Lust verspürte, mit Stefan belanglose Konversation zu führen oder sich seinem prüfenden Blick auszusetzen. Später zog sie sich ohne Lisbeths Hilfe an und verschwand ungehört und ungesehen aus dem Haus.

Auf der Hauptstraße hielt sie einen Fiaker an, bot ihm, zusätzlich zum Sperrkreuzer und seinem Lohn, noch eine großzügige Extrazahlung, wenn er sie promptest in die Stadt brächte. Beim Stadttor musste sie eine genaue Befragung, warum sie zu später Stunde Einlass begehre, über sich ergehen lassen. Aber eine rührselige Geschichte über eine erkrankte Mutter und einige Silbermünzen beseitigten auch dieses Hindernis. Bei der Pestsäule stand eine Kutsche ohne Wappen. Die Vorhänge waren zugezogen. Christina gab dem Fiaker sein Geld und wartete, bis er wieder umkehrte. Dann ging sie zu der Kutsche hinüber. Die Tür wurde geöffnet und sie blickte in Arabellas Gesicht. »Komm schnell Christina, wir sind spät dran.«

»Ich wurde am Stadttor länger aufgehalten als ich gedacht habe, entschuldige.« Sie küsste die Baronin auf die Wange und setzte sich ihr gegenüber. Arabella klopfte mit einem Stock an das Kutschendach und die Pferde setzten sich in Bewegung. Die kleine Laterne, die an einem Haken von der Decke hing, baumelte hin und her und Schattenreflexe verwischten die Konturen im Inneren der Kutsche. Christina fühlte eine Veränderung in ihrer Freundin, konnte aber nicht genau erkennen, worin sie bestand. »Wohin fahren wir? Ist es weit?«

Arabella lächelte. »Nein, wir sind nur ein paar Häuser entfernt. Alles andere ist ein Geheimnis.« Christina nickte und legte ihre Hände in den Schoß, während die Baronin den Deckelkorb öffnete, der vor ihr stand. Sie zog ein glänzendes schwarzes Stoffgebilde heraus und reicht es Christina. »Hier, zieh das an. Und achte darauf, dass die Kapuze dein Gesicht bedeckt, wenn wir aussteigen. Niemand soll dich erkennen, genauso, wie du niemanden erkennen wirst.« Sie zog einen zweiten Umhang aus dem Korb und streifte ihn über. Unentschlossen betrachtete Christina zuerst die Freundin, dann das Stoffgebilde in ihrer Hand. Ein ungutes Gefühl stieg in ihr auf. Dann entschied sie, dass die Tatsache, dass man auf diese Art ihr Gesicht nicht sehen konnte, auch etwas Gutes hatte. Also streifte sie den schwarzen Umhang über und betrachtete die Stickerei an den weiten Ärmeln: eine Reihe gekreuzter roter Ähren. Bevor sie nach der Bedeutung fragen konnte, hielt die Kutsche und Arabella öffnete die Tür. Christina zog die Kapuze über ihr Gesicht. Erst jetzt fiel ihr auf, dass nicht nur Öffnungen für die Augen, sondern auch für Mund und Nase in den Stoff eingearbeitet waren. Arabella huschte wie ein Schatten zu einem Hauseingang und Christina folgte ihr. Sie durchquerten einen unbeleuchteten Flur und einen ebensolchen Hof, bis sie bei einem weiteren Tor ankamen. Arabella klopfte in einem bestimmten Rhythmus an das Holz, ein Schlüssel knirschte im Schloss und die Tür schwang auf. Eine steile Treppe führte nach unten. Fackeln steckten in eisernen Wandhalterungen und spendeten eine notdürftige Beleuchtung. Christina stieg die Stufen hinter Arabella hinunter. Sie hörte, wie die Tür geschlossen und versperrt wurde. Das unangenehme Gefühl in ihrem Magen verstärkte sich. Die Treppe mündete in einen Gang, der so eng war, dass sie nur hintereinander, aber nicht nebeneinander gehen konnten. Die Wände glänzten nass und es wurde merklich kühler. Christina hatte den Eindruck, dass sie immer tiefer nach unten gingen. Der Abstand zwischen den Fackeln wurde größer und größer und die Luft roch modrig.

Sie wusste nicht, wie lange sie diesen Gang hinunter liefen, das monotone Klicken der Absätze auf dem Steinboden ließ die Zeit zu einer unbestimmbaren Größe schrumpfen. Irgendwann tauchte zu Christinas linker Hand eine Gitterwand auf und sie blieb unwillkürlich stehen, um das unglaubliche Bild, das sich ihr bot, zu betrachten. Unter ihr lag eine gigantische Höhle. Der Boden war mit Mosaiken bedeckt, die im Licht hunderter Kerzen glänzten. Ein schwerer würziger Duft lag in der Luft, der sich mit dem Geruch von geschmolzenem Wachs mischte. An einem Ende des Raumes stand ein lang gestreckter Steintisch. An seiner Seite hing ein Kessel über einer Feuerstelle.

»Komm weiter«, befahl Arabellas Stimme und Christina riss sich widerwillig los. »Ist es noch weit?«

»Wir sind schon da«, entgegnete Arabella und öffnete eine Tür. Der Raum, den sie betraten, war gefüllt mit Menschen in schwarzen Kutten. Alle Augenpaare richteten sich auf sie, und Christina blieb abwartend stehen. Arabella griff nach ihrer Hand und führte sie weiter. Die Menge der Kuttenträger teilte sich, um sie passieren zu lassen. Am Ende der Gasse wartete ein Mann, der über seinem Umhang eine lange goldene Kette mit einem Anhänger trug. Als Christina näher kam, konnte sie erkennen, dass der Anhänger zwei gekreuzte Ähren über einem Kreuz darstellten. Irgendetwas an dem Kreuz erschien ihr seltsam, aber sie konnte nicht sagen, was.

»Willkommen in der Gemeinschaft der Roten Ähre, Tochter«, sagte der Mann und reichte ihr einen Pokal, der ebenfalls mit roten Ähren verziert war. »Trink, und werde Teil des großen Wunders.« Arabella stellte sich neben den Mann. »Brüder und Schwestern, erweist dem Agnus Dei Ehre.« Christina sah sich unauffällig um, wo hier ein Lamm Gottes sein sollte. Scheinbar war sie in eine religiöse Gruppe geraten. Dann nippte sie an dem Pokal. Die Flüssigkeit schmeckte nach Honig und Gewürzen. Sie trank ein paar Züge und gab dem Mann den Pokal zurück. Alle Umstehenden verneigten sich und Christina versuchte, noch immer herauszufinden vor wem, als plötzlich ihre Sicht zu verschwimmen begann. Bevor alles um sie herum schwarz wurde, fiel ihr auf, was an dem Kreuz seltsam war: es stand auf dem Kopf.

18

Stefan bereitete sich auf einen geruhsamen Abend mit einem Glas Cognac und einem Buch in seiner Bibliothek vor. Ferdinand hatte ihm mitgeteilt, dass seine Frau Kopfschmerzen hätte und früh zu Bett gehen wolle. Es kostete ihn einiges an Selbstbeherrschung, aber er war fest entschlossen, nicht an ihre Tür zu klopfen und sich nach ihrem Befinden zu erkundigen. Er hatte es satt, jedes Wort fünfmal zu überdenken und auf mögliche Beleidigungen zu überprüfen, ehe er es aussprach. Also machte er es sich nach dem Abendessen auf einem Sofa in der Bibliothek gemütlich. Julia lag auf seinem Schoß, ein Platz an dem sie seiner Meinung nach keinen Schaden anrichten konnte, und schnarchte vor sich hin, während er ihren Bauch kraulte und versuchte, sich auf das Buch zu konzentrieren, das er in der anderen Hand hielt. Ein Wortwechsel vor der Tür ließ ihn aufhorchen und schließlich stolperte Ferdinand mit einem zweiten Mann, der staubige Reitstiefel und eine abgewetzte Jacke trug, in den Raum.

»Ich werde mich von Ihnen nicht so einfach abfertigen lassen«, sagte der Mann gerade zu Ferdinand. »Baron Krieglach hat darauf bestanden, dass ich seine Botschaft direkt an Graf Winterfeld übergebe und dass, wenn ich es vor Mitternacht schaffe, mein Honorar verdoppelt wird. Daher nehmen Sie gefälligst Ihre Hände von mir.« Stefan legte das Buch weg, klemmte sich Julia, die unwillig grunzte, unter den Arm und stand auf. »Was geht hier vor?«

»Dieses Subjekt ...«

»Euer Hochwohlgeboren, ich habe eine dringende Nachricht des Barons Krieglach. Er sicherte mir zu, dass Ihr mein Honorar verdoppeln werdet, wenn Ihr sie erst einmal gelesen habt.« Er drückte Stefan, der Julia jetzt doch auf den Boden setzte, ein versiegeltes Schreiben in die Hand. Noch während der Graf las, wich die Farbe aus seinem Gesicht. »Wo bekomme ich mein Geld?«, fragte der Mann unbeeindruckt.

»Ferdinand, geben Sie dem Mann, was er will.«

»Wie Ihr wünscht«, bemerkte Ferdinand säuerlich. »Folgen Sie mir.« Die beiden verschwanden und Stefan sank auf das Sofa, um den Brief nochmals zu lesen.

»Stefan, ich hoffe, diese Nachricht erreicht dich noch rechtzeitig. Durch Zufall bin ich dem Grund auf die Spur gekommen, warum Baronin Kernberg die Freundschaft mit deiner Frau Christina gesucht hat. Der verstorbene Baron und seine Frau sind Priester der Bruderschaft der Roten Ähre. Du erinnerst dich doch daran? Aber seit unserer Zeit dort hat sich einiges verändert. Es gibt heute einen harten Kern, der andere Ziele verfolgt, als jene, welche die Vereinigung für uns damals attraktiv machten.

Ein Vetter, der hier in Prag Beamter beim Geheimdienst ist, hat mir berichtet, dass die hiesige Gruppe der Roten Ähre inhaftiert wurde, da sie eine junge Frau entführten. Eines der Mitglieder hat gestanden, dass in der Nacht des schwarzen Mondes das Lamm Gottes geopfert werden soll, um die Saat der Ähre aufgehen zu lassen und das leibhaftige Böse zurück auf die Erde zu holen. Stefan, das Lamm Gottes ist eine Frau, die am 24. Dezember Geburtstag hat und der Mond verfinstert sich morgen Nacht! Sieh zu, dass Christina nicht das Haus verlässt. Ich befürchte das Schlimmste. Rudolf.«

Der Brief flatterte zu Boden und Julia schnupperte interessiert daran, während Stefan zur Tür stürzte. Immer zwei Stufen auf einmal nehmend rannte er zu Christinas Zimmer hinauf. Gegen besseres Wissen hoffte er, dass seine Frau friedlich schlummernd in ihrem Bett lag. Aber natürlich war es nicht so. Er fluchte ausgiebig und sah sich in dem Zimmer um. Der Brief, der auf der Kommode lag, war der letzte Beweis, den er brauchte. Er hastete zurück in sein Zimmer und riss die Tür zum Ankleidezimmer auf. In der vierten Truhe fand er, was er suchte. Widerwillig nahm er den schwarzen Umhang, schüttelte ihn aus und betrachtete ihn. Wieder ein Überrest aus seiner Vergangenheit, einer Vergangenheit, die er zu vergessen versuchte. An die zehn Jahre mochte es her sein, dass er, so wie Rudolf und viele andere Mitglieder Jeunesse dorée von Wien, den Besuch schwarzer Messen als willkommenen Zeitvertreib erachtet hatte. Damals ging es nicht darum, Luzifer und Beelzebub zu beschwören, sondern alle möglichen sexuellen Vergnügungen auszuleben. Alkohol, Rauschmittel jeglicher Art und das Bespritzen nackter, wollüstiger Körper mit dem Blut frisch geschlachteter Hühner oder Ziegen bot eine spezielle Art der Zerstreuung. Man traf sich einmal pro Woche, enthemmt durch Masken und Kapuzen, die alle Teilnehmer unkenntlich machten. Niemals kam in der Gesellschaft die Sprache auf das wüste Treiben in diesen Nächten, und wenn man wusste, mit wem man es zu tun hatte, so schwieg man schon aus reinem Selbstschutz. Irgendwann hatte sich die Faszination abgenutzt und er fühlte sich von dem Ganzen nur mehr abgestoßen. So wie ihm, erging es den meisten. Deshalb herrschte in dem Zirkel auch ein reges Kommen und Gehen.

Jahre waren verstrichen, ohne dass er an die Rote Ähre gedacht oder etwas von ihr gehört hatte. Und plötzlich wurde er mit der Nachricht konfrontiert, dass die Gemeinschaft nicht nur noch immer existierte, sondern dass sie sich zu einer ernsten Gefahr entwickelt hatte, einer Gefahr, die jetzt seine Frau bedrohte. Ein Blick auf die Uhr zeigte ihm, dass es knapp nach Mitternacht war. Er rollte den Mantel zusammen und eilte zu den Stallungen. Dort sattelte er ein Pferd und machte sich auf den Weg zum Stadttor. Ohne Diskussionen warf er dem Wächter einen Beutel Münzen zu und trieb sein Pferd durch die menschenleeren Straßen von Wien. Er wusste, wo sich der unterirdische Saal, in dem die Versammlungen abgehalten wurden, befand und betete, dass sich an dem Ort nichts geändert hatte. Um unentdeckt zu bleiben, band er das Pferd, eine Quergasse von dem bewussten Hauseingang entfernt, an einen Laternenpfahl und hetzte durch die Innenhöfe, um die Tür zu finden, die er vor seinen inneren Augen sah. Sein Puls hämmerte in den Schläfen und die Angst, dass die Tür nicht mehr da war, oder dass er sie nicht finden würde, machte ihm die Brust eng. Aber am schlimmsten war die Vorstellung, dass er die Tür und den Saal fand, aber zu spät kam, um Christina vor dem zu bewahren, was die Baronin mit ihr vorhatte. Keuchend blieb er vor einem Eingang stehen. Das Schloss und die eisernen Querstreben waren neu, aber er erkannte das Tor an der Ähre, die in der rechten oberen Ecke zu tasten war. Schnell streifte er den Umhang über und zog den Ring aus der Tasche. Er kannte die gültige Parole nicht, aber der Ring sollte genügen, ihn als vertrauenswürdig einzustufen. Nachdem er mit der Faust ein paar Mal an die Tür geschlagen hatte, wurde sie geöffnet und er zeigte dem Kapuzenmann seinen Ring. Dieser betrachtete ihn einige Sekunden, während derer Stefans Mund trocken wurde, im Schein der Fackel, dann nickte er und Stefan eilte weiter.

Seine Schritte hallten in dem endlosen Gang. Von Ferne hörte er Gesänge und gebetsmühlenartiges Gemurmel, das immer lauter wurde, je näher er kam. Schließlich erreichte er die vergitterte Öffnung, durch die er auf den Saal hinunterblicken konnte, und was er dort sah, ließ sein Blut gefrieren. Auf dem lang gestreckten Altar, neben dem in Steinbecken meterhohe Flammen züngelten, lag eine in weiße Tücher gehüllte Gestalt. Augen und Mund waren mit einer Binde bedeckt, die Arme lagen gekreuzt auf ihrer Brust, die Handgelenke waren mit einem dünnen Seil aneinander fixiert. Monotoner Singsang hallte von den Steinwänden und über allem lag der betäubende Moschusduft.

Eine Kapuzengestalt mit einer breiten Goldkette trat hinter den Altar und hielt mit beiden Händen etwas Langes, seidig Glänzendes in die Höhe. Stefan, der zu weit weg war, um Einzelheiten zu erkennen, war in diesem Moment geneigt, es für eine Schlange zu halten. Der Singsang schwoll an und ging in einen peitschenden Rhythmus über, als der Anführer das glänzende Ding in eines der Feuerbecken warf. Funken flogen und bestialischer Gestank übertünchte den Moschus für einen Augenblick. Der Mann begann, eine lateinische Litanei aufzusagen, in die der Chor der Anwesenden einfiel und Stefan hastete weiter. Er kam im Nebenraum des großen Gewölbes an, fand leere Pokale und Gläser, heruntergebrannte Kerzen, Schwefelhölzer, Räucherkegel und andere obskure Dinge. In einer Ecke lagen Kapuzenmäntel und blutbespritzte Tücher. Erst jetzt fiel ihm auf, dass er nicht daran gedacht hatte, eine Waffe mitzunehmen und er sah sich suchend um. Aber kein Dolch und schon gar keine Pistole waren in dem Raum zu finden.

Der Chor im Gewölbe verstummte und das Schweigen zerrte an Stefans Nerven, da es eine neue Stufe des Rituals ankündigte. Er musste handeln, er musste Christina aus den Fängen der Satansjünger befreien, bevor es zu spät war. Seine Hand krampfte sich um eine Sessellehne und er merkte, dass er zitterte. Angst. Niemals zuvor hatte er Angst, wirkliche Angst gehabt. Nicht um sich oder um jemand anderen. Aber er hatte auch noch nie jemanden wirklich geliebt, das begriff er in diesem Moment und der Gedanke, Christina für immer zu verlieren, brachte die Angst zum Schweigen. Er würde nicht zulassen, dass diese Verrückten sie für ihren Plan missbrauchten und wenn es sein eigenes Todesurteil war. Die Tür öffnete sich und unterbrach seine Gedanken. Aus dem Gewölbe erschallte die hohe Stimme einer Frau, zweifellos die der Baronin.

Die vermummte Gestalt, die vor ihm stand, trug jene Goldkette auf der Brust, die sie als der Hohepriester auswies. Er blickte zu Stefan hinüber. »Spät dran, Bruder. Geh hinüber auf deinen Platz, das Beste kommt noch.«

Stefan nickte und schritt langsam zu der angelehnten Tür. Dabei beobachtete er, wie der Mann zu einer an der Wand stehenden Truhe ging und sie mit einem Schlüssel öffnete. Der Deckel knarrte, als er ihn hochhob und sich dann über den Inhalt beugte. Es war mehr Instinkt als Planung, der Stefan handeln ließ. Er packte einen der Kerzenleuchter, schlich zu dem Mann hinüber und hieb den schmiedeeisernen Fuß über die Kapuze. Lautlos sackte die Gestalt zusammen und blieb neben der Truhe liegen. Stefan starrte auf den Mann hinunter, überrascht, dass es so einfach gewesen war. Er rüttelte ihn an der Schulter und zog schließlich die Kapuze von seinem Gesicht. Fürst Perchwitz. Kein Unbekannter in der Wiener Gesellschaft. Verheiratet, ein Haufen Kinder und jeden Sonntag in der ersten Reihe der Augustinerkirche anzutreffen. Stefan schob die Kapuze wieder zurück und griff nach der Kette. Sie lag schwer in seiner Hand und es kostete ihn einige Überwindung, sie umzulegen. Dann stand er auf und ging zu der Tür, die zum Gewölbe führte. Wieder stockte sein Herzschlag für einen Moment, als er sah, dass die Gestalt hinter dem Altar in ihren eindeutig weiblichen Händen einen langen spitzen Dolch hielt. Er zwang sich, zu ihr hinüberzugehen und an der Art, wie sie den Kopf zu ihm drehte, wusste er, dass er sie aus dem Konzept gebracht hatte. Bevor sie sich wieder fangen konnte, griff er nach dem Dolch und ließ ihn in seinem Ärmel verschwinden.

»Kniet nieder, Brüder und Schwestern, und richtet euren Blick zu Boden«, befahl er im Singsang des Priesters und packte die Hand der Baronin neben sich, um zu verhindern, dass sie entwischte. »Denn von dort wird der Meister kommen, um unsere Gabe anzunehmen. Schließt die Augen, um ihn nicht durch eure Neugier zu beleidigen, schließt die Augen, um ihm Referenz zu erweisen.« Die verhüllten Gestalten leisteten seinen Worten Folge und Stefan zerrte die Baronin zu sich.

»Wenn Euch nur das Geringste an Eurem Leben liegt, Baronin Kernberg, dann werdet Ihr so tun, als hätte der Meister des Bösen Euer Opfer zu sich geholt – und mich nicht daran hindern, gemeinsam mit meiner Frau das Weite zu suchen«, flüsterte er.

»Niemals«, fauchte sie und er drückte den Dolch gegen ihre Rippen. »Oben warten Freunde auf mich. Wenn ich nicht zurückkomme, werden sie dafür Sorge tragen, dass Euer Leben in Luxus ein Ende hat. Genauso, wie sie die Machenschaften des Fürsten Perchwitz aufdecken werden.« Sie versuchte wieder, sich zu befreien, aber er hielt sie eisern fest. »Euer Spiel hier ist zu Ende Baronin. Aber ich bin bereit, Euch die Freiheit zu schenken, vorausgesetzt, Ihr verlasst Wien noch vor Sonnenaufgang und kehrt nicht wieder zurück. Es bleibt Euch unbenommen, Eure Scharade an einem anderen Ort weiterzuführen, allerdings werden nicht alle Eurem Tun so viel Verständnis entgegenbringen wie ich, doch das ist allein Eure Sache.«

»Bastard.«

»Aus Eurem Mund ein Kompliment, Madame. Also, werdet Ihr dafür sorgen, dass ich mit meiner Frau unbehelligt die Katakomben verlassen kann?« Er spürte, wie ihr Körper sich anspannte und betete, dass seine Drohungen Wirkung zeigen würden. Wenn sie den eifernden Mob, der gehorsam zu ihren Füßen kniete, gegen ihn aufhetzte, dann war alles zu Ende. Innerhalb von Sekunden würden sie ihn in tausend Stücke reißen. »Eure Antwort, Baronin.« Die Spannung wich aus ihrem Körper und sie nickte. »Ihr werdet Wien noch heute Nacht verlassen?« Sie nickte wieder. »Schwört es bei allem, was Euch heilig ist.« Sie atmete stoßweise.

»Ich schwöre bei der Macht, die zerstört und erschafft, dem einzig wahren Herrn der Welt, dass ich diese Stadt noch vor dem Morgengrauen verlassen werde.«

Er ließ sie los und sie machte ein paar schnelle Schritte von ihm weg. Wachsam wartete er einige Sekunden, ehe er zum Altar ging und Christina hochhob. Sie fühlte sich schlaff an und nur die Wärme ihrer Haut verriet, dass sie noch lebte. Durch die dünnen weißen Tücher, in die sie gewickelt worden war, schimmerten dunkel Symbole und Runen, mit denen der Priester und seine Gehilfen ihren Körper bemalt hatten. Ihr Kopf fiel in seinen Armen zurück und erst jetzt bemerkte er, dass ihr Haar kreuz und quer in kurzen Büscheln abstand. Die Baronin hatte keine Schlange verbrannt, sondern Christinas lange, seidige Haare.

19

Im Nebenraum des Gewölbes blickte sich Stefan suchend nach den Kleidern seiner Frau um, allerdings war davon nichts zu entdecken. Mit dem Stiefel schob er einen der Kapuzenumhänge aus dem in der Ecke liegen Haufen, auf dem Boden zurecht, und legte Christina darauf. Auch wenn die Baronin Wort halten sollte und ihn nicht verfolgte – woran er noch immer zweifelte – galt es dem Wachposten bei der Pforte eine plausible Geschichte aufzutischen und sein Misstrauen nicht zu wecken. Christina rührte sich nicht, weder, als er ihr die Binden vom Gesicht zog, noch als er das Seil, das ihre Handgelenke fesselte, mit dem Dolch durchschnitt und sie in den Umhang wickelte. Von den Tüchern, die sie bedeckten, stieg ein bestialischer Gestank auf, der Stefan vermuten ließ, dass man die Zeichen nicht mit Farbe auf ihre Haut gemalt hatte, sondern mit einer Substanz, die allgemein als das Blut der Erde bezeichnet wurde. In den magischen Zirkeln allerdings war ihr Name ein anderer: der Samen Luzifers. Die zähe, ölige Flüssigkeit drängte in den Wüsten Arabiens ans Tageslicht und wurde von Händlern in versiegelten Flakons ins Abendland gebracht. Man verwendete sie in der Medizin, zur Heilung von Geschwüren oder um bengalische Feuer zu entzünden. Sogar Wasser konnte damit zum Brennen gebracht werden und die so entstandenen Dämpfe sollten wirksam gegen Wahnsinn und Veitstanz sein. Stefan hegte über die Absicht, mit der man die Substanz auf der Haut seiner zum Opfer bestimmten Frau verteilt hatte, nicht den geringsten Zweifel. Am Höhepunkt der Zeremonie hätte der Teufelspriester die Runen entzündet und Christina wäre bei lebendigem Leib verbrannt. Er drückte den regungslosen Körper in seinen Armen fester an sich und fluchte leise. Elendes Pack. In dieser Sekunde bedauerte er es zutiefst, der Baronin die Freiheit versprochen zu haben. Aber wenn sie es wagte, jemals wieder seinen Weg zu kreuzen, dann würde er kein Mitleid kennen. Auch den Machenschaften des Fürsten Perchwitz würde er einen endgültigen Riegel vorschieben, doch zuerst galt es, Christina in Sicherheit zu bringen. Stefan kam bei der Pforte an. Der Wächter saß an die Wand gelehnt daneben und schnarchte leise. Er war keiner aus dem engeren Kreis, sondern aller Wahrscheinlichkeit nach ein bezahlter Handlanger, der von den Vorgängen in den Katakomben nicht die geringste Ahnung hatte. Ohne Christina loszulassen, schob Stefan den Riegel zur Seite und öffnete die Tür. Das Knarren brachte den Wächter dazu, kurz den Kopf zu heben.

»Meinem Liebchen ist der Wein nicht bekommen«, sagte Stefan in unbekümmertem Tonfall. »Sie braucht etwas frische Luft.« Der Wächter nickte und sein Kopf rutschte wieder auf die Knie. Ehe Stefan die Tür hinter sich schloss, lauschte er nochmals in den langen dunklen Gang. Wider Erwarten schien die Baronin Wort gehalten zu haben, denn alles war ruhig. Er lehnte sich an die Hauswand und gönnte sich den Luxus, zu verschnaufen, um die klare Nachtluft einzuatmen. Es war weit nach Mitternacht, und in das Sommerpalais zurückzukehren, bedeutete, das Stadttor passieren und den Wächter wecken zu müssen, was mehr Aufmerksamkeit erregen würde als ihm lieb war. Also beschloss Stefan, sich auf den Weg zu seinem Stadthaus zu machen. Zwar befanden sich dort augenblicklich nur jene Dienstboten, die für die Instandhaltung des Hauses nötig waren, aber grundsätzlich stand immer alles für eine ungeplante Stippvisite seinerseits bereit.

Christina wachte auch nicht auf, als er sie quer vor sich in den Sattel hob. Der Hufschlag seines Pferdes hallte in der nächtlichen Stille der Stadt. Privathäuser schlossen ihre Pforten nach zehn Uhr abends, Bälle und Redouten in der Sommersaison waren selten, so dass er niemanden, nicht einmal einem heimwärts taumelnden Betrunkenen oder dem Nachtwächter, der seine einsamen Runden zu drehen pflegte, begegnete. Kurz nachdem Stefan an die Pforte seines Hauses hämmerte, öffnete ein verschlafen dreinblickender Diener in einem langen, geflickten Nachthemd. Der Schlaf wich augenblicklich aus seinem Gesicht, als er seinen Herrn erkannte. Dienstbeflissen entzündete er mehrere Kerzenleuchter und eilte hinter ihm die Treppe hinauf. Stefan stieß ohne Umstände die Tür des ersten Zimmers auf und legte Christina auf das Bett.

»Ich brauche heißes Wasser, Handtücher und Seife. Und Kaffee«, fügte er dann hinzu und warf seinen Umhang achtlos zu Boden. »Ist eines der Mädchen hier oder sind sie alle im Sommerhaus?«

»Wir sind nur zu dritt, Herr Graf, und die Mädchen sind alle im Sommerpalais«, wiederholte der Mann verwirrt.

»Gut, dann tu, was ich dir befohlen habe.« Er nahm dem Mann den Leuchter aus der Hand und begann die Kerzen im Zimmer zu entzünden. Der Diener nickte hastig und verschwand. Stefan betrachtete die vor ihm liegende Gestalt. Unwillkürlich strichen seine Finger durch das kurze Haar. Zum ersten Mal dachte er, dass es gut war, dass man ihr Betäubungsmittel verabreicht hatte und sie auf diese Art von den Vorgängen um sie herum nichts mitbekommen konnte. Die auf ihre Haut gemalten Runen hatten sich während des Transports verschmiert und bildeten eine dunkle Schicht, die das dünne Leinen auf ihrem Körper kleben ließ. Der Diener war mit den gewünschten Dingen zurück-gekehrt. Außerdem legte er ein zusammengefaltetes Nachthemd auf einen Sessel neben dem Bett.

»Kann ich sonst noch etwas tun, Herr Graf?« Ein schneller Blick auf die Frau genügte ihm, um keine weiteren Fragen zu stellen. Stefan schüttelte den Kopf.

»Nein, am besten du gehst wieder zu Bett.« Nachdem sich die Tür hinter dem Diener geschlossen hatte, begann Stefan die Tücher von Christinas Köper zu entfernen. Die Substanz war ölig und zäh und ließ sich nur schwer beseitigen. Er tat, was möglich war, ohne ihre zarte Haut zu verletzten. Schließlich warf er die Tücher in die Schüssel und griff nach dem Nachthemd.

Als er sie aufsetzte, um ihr das Gewand überzustreifen, bewegte sie sich leicht und versuchte, seine Hände abzuwehren. Mit etwas Mühe vollendete er sein Werk und stand dann auf, um die Schüssel mit den übelriechenden Tüchern in die Küche zu tragen und zum Abfall zu werfen. Bei seiner Rückkehr hatte sich Christina auf die Seite gedreht und die Knie unter dem weiten Nachthemd angezogen. Er füllte eine der beiden Tassen mit Kaffee und setzte sich aufs Bett. Vorsichtig stützte er Christinas Kopf mit seinem Arm und hielt ihr die Tasse an den Mund.

»Christina, Liebste, trink«, murmelte er und wiederholte die Worte lauter und befehlender, als sie das Gesicht wegdrehte. Nach einigen Minuten trank sie doch ein paar Schlucke und er ließ ihren Kopf zurück auf die Kissen gleiten. Ihre Lider zitterten und flogen schließlich auf. Große veilchenfarbene Augen starrten ihn an und er merkte, dass sie Schwierigkeiten hatte, sich zu orientieren.

»Wo ... wo bin ich?« Ihre Stimme klang kraftlos und war kaum mehr als ein Hauch.

»In meinem Stadthaus«, antwortete er nur.

»Was ist passiert?«

»Woran können Sie sich erinnern?«, fragte er zurück, um nicht mehr sagen zu müssen, als nötig war.

Sie runzelte die Stirn. »Ich hatte mich mit Arabella verabredet, sie wollte mich zu einer Art geheimer Geisterbeschwörung mitnehmen. Und dort redeten sie von einem Lamm Gottes und gaben mir etwas Seltsames zu trinken und dann ... «, sie stockte und setzte sich auf. »... dann kann ich mich an nichts mehr erinnern.«

»Die Baronin hat Sie getäuscht, Christina. Sie hatte niemals Ihre Freundschaft im Sinn, sondern ...«

»Ich sollte das Lamm Gottes sein«, unterbrach ihn Christina entsetzt. »Sie wollten mich töten, um ... um ... warum auch immer. Ist es nicht so?« Stefan konnte ihr nicht in die Augen sehen, aber er nickte. »Und Sie haben mich gerettet? Woher wussten Sie wo ich war?«

»Rudolf hat mir eine Nachricht geschickt. In Prag wurden Mitglieder der Roten Ähre festgenommen, die aussagten, dass bei der nächsten Mondfinsternis ein Opfer gebracht werden sollte, um die Herrschaft des Bösen wiederherzustellen. Außerdem wurde die Baronin Kernberg als eines der führenden Mitglieder der Gemeinschaft bezeichnet. Ich machte mich dann auf die Suche nach Ihnen und glücklicherweise kam ich noch rechtzeitig.«

Sie sah ihn aufmerksam an. »Woher wussten Sie, wo Sie mich suchen mussten?«

»Ich wusste es, weil ich früher auch zu den Versammlungen der Roten Ähre gegangen bin«, antwortete er, und hielt ihrem Blick Stand. Fassungslosigkeit breitete sich auf Christinas Gesicht aus.

»Sie waren auch …« Ihre Stimme brach ab, da sie unabsichtlich ihren Kopf berührt hatte. »Was ist mit meinem Haar geschehen?« Sie sprang auf und rannte zu dem Spiegel über der Kommode. »Oh mein Gott«, stammelte sie dann, als sie mit weit aufgerissenen Augen ihr Spiegelbild anstarrte. »Oh mein Gott, sie haben mir die Haare abgeschnitten.« Ungläubig betastete sie ihren Kopf. »Wie konnten sie das tun? Und warum nur?« Sie packte die vor sich liegende Bürste und begann mit eckigen Bewegungen das verbliebene Haar zu bearbeiten. Stefan beobachtete sie schweigend. Nach einigen Minuten schien ihr die Sinnlosigkeit ihres Tuns bewusst zu werden und sie ließ die Bürste sinken.

»Die Haare werden wieder wachsen«, sagte Stefan ruhig. Christina drehte sich zu ihm um. Ihr leerer Blick schnitt ihm ins Herz.

»Ja, und natürlich gibt es auch Perücken«, fügte sie gespielt heiter hinzu und ging zurück zum Bett. Schwerfällig setzte sie sich und verschränkte ihre Finger im Schoß. »Kein Grund zur Verzweiflung«, fügte sie mit einer Stimme hinzu, die ihre Worte Lügen straften.

Stefan begann, die Kerzen zu löschen. »Ganz richtig«, entgegnete er mit mehr Überzeugung, als er tatsächlich empfand. »Das Haar wird wachsen und in einem Jahr haben Sie das alles vergessen, Christina.« Sie nickte mechanisch, schien seine Worte aber nicht zu begreifen. Unsicher wandte er sich zum Gehen und hielt bereits den Türgriff in der Hand, als ihn ihre Worte aufhielten.

»Wo wollen Sie hin?«

»Ich gehe zu Bett. Wenn Sie etwas brauchen, ich bin gleich nebenan.«

Sie schwieg. Er betrachtete die Gestalt mit dem gesenkten Kopf und den nach vorne gezogenen Schultern in dem gebauschten weißen Nachthemd, das viel zu weit für sie war. Sie sah aus wie ein Kind, das sich verirrt hatte, einsam und verloren. Er ballte die Fäuste, um nicht aufzuschreien. »Kann ich etwas für Sie tun?« Sie schüttelte den Kopf. »Soll ich bleiben?« Ihr Nicken kam so zögernd, wie seine Frage gekommen war. Langsam ging er zu ihr. Sie hob den Kopf und richtete den leeren Blick auf ihn. »Legen Sie sich hin und versuchen Sie, zu schlafen«, befahl er hilflos. Sie nickte wieder und rollte sich mit angezogenen Beinen auf dem Bett zusammen. Er kniete sich hinter sie und blies die Kerzen auf dem Nachtkästchen aus. Dann legte er einen Arm unter seinen Kopf und den anderen um ihren Körper. Ohne merklichen Atemzug verharrte sie steif neben ihm. Plötzlich drehte sie sich völlig unerwartet um, packte ihn am Hemd und vergrub das Gesicht an seiner Schulter. Ihr Körper wurde von heftigen Schluchzern geschüttelt. Endlich gelangte er zu seiner ersehnten Rolle als Trostspender, aber der Gedanke ließ keine Freunde in ihn aufkommen. Stefan streichelte ihren Rücken und wünschte sich plötzlich verzweifelt, dass er niemals das Fest des Grafen Palffy besucht hätte, dass er Christina niemals getroffen und dass er niemals ihr Schicksal mit seinem verknüpft hätte.

20

Die Sonne schien hell ins Zimmer, als Christina die Augen öffnete. Sie wollte sich aufrichten und merkte dabei, dass sie es nicht konnte, weil jemand mehr oder weniger auf ihr lag. Sie erkannte Stefan, dessen Kopf neben ihrer Schulter ruhte. Sein Arm war quer über ihre Brust gestreckt und sein Bein über ihre Schenkel geschoben. Ruhige Atemzüge verrieten, dass er noch immer schlief. Christina zog die Brauen zusammen und versuchte nachzudenken, was passiert war. Die Erinnerung kehrte zurück und zwar schneller als ihr lieb war. Auf dem Boden lagen noch immer die beiden Mäntel, ein Mahnmal, dass sie die Ereignisse der letzten Nacht nicht geträumt hatte. Sie schloss die Augen. Er war also selbst ein Mitglied dieser verrückten Gemeinschaft, das hatte er doch gesagt, ehe sie voller Entsetzten feststellte, was man ihrem Haar angetan hatte. Andererseits hatte er ihr erzählt, erst aus einem Brief erfahren zu haben, was geschehen sollte. Oder handelte es sich dabei um eine Ausrede und er steckte mit der Baronin unter einer Decke und war erst im letzten Moment zu der Überzeugung gelangt, dass er für sie lebend eine bessere Verwendung hatte als tot? Das Ganze schien so unsinnig und überdies begann ihr Kopf zu schmerzen. Was auch immer. Er hatte nicht zugelassen, dass sie getötet wurde.

Seufzend schob sie ihre Hand unter den Kopf und registrierte dabei wieder ihr kurzes Haar. Im Spiegel hatte es entsetzlich ausgesehen, sie fühlte sich entstellt und verraten. Ihre Tränen durchweichten sein Hemd und sie konnte nicht aufhören zu weinen, da sie in diesem Moment erkannte, dass sie mehr verloren hatte als nur ein paar Strähnen ihres Haares. Das Vertrauen in sich selbst und in andere; ihr unschuldiger Kinderglaube, all das war dahin. Sie hatte immer von Freiheit und eigenen Entscheidungen geträumt, aber als sie die Gelegenheit dazu bekam, war sie kläglich gescheitert und bei der ersten Gelegenheit in eine Fallgrube gestürzt. Erst jetzt begriff sie, dass die Art der Freiheit, die sie sich wünschte, auch Verantwortung verlangte. Dass Vertrauen erworben werden musste und nicht leichtfertig verschenkt werden durfte. Dass nicht jeder, der sich ihr Freund nannte, es auch von vorneherein war. Dass es niemanden gab, der sie an der Hand nahm und durchs Leben führen würde, der ihr sagte, was richtig und was falsch war, sondern dass sie entscheiden musste und dass sie damit wirklich erwachsen geworden war. Mit dieser neuen Einsicht verstand sie auch, dass Stefan an ihrer Seite sein und sie unterstützen wollte, wenn sie es nur zuließ. Doch sie war davon ausgegangen, dass es seine Absicht war, sie zu gängeln und zu unterdrücken, und hätte sich lieber die Zunge abgebissen, als ihn um Rat zu fragen. Sie betrachtete die Ärmel des Nachthemds. Nachdem sie das nicht getragen hatte, als sie gestern Abend das Haus verließ, lag die Vermutung nahe, dass er ihr das Gewand angezogen hatte. Zu spät, um schamvoll zu erröten. Außerdem war sie betäubt gewesen und definitiv nicht die erste Frau, die er nackt gesehen hatte. Ob ihm wohl gefallen hatte, was er sah? Sie ohrfeigte sich im Geiste für diesen Gedanken. Unwichtig, unwesentlich, unerhört ...

Er bewegte sich und drehte dabei den Kopf so, dass sie nicht länger auf sein rabenschwarzes Haar sondern in sein Gesicht blickte. Die langen dichten Wimpern warfen Schatten auf seine hohen Wangenknochen, sein Mund wirkte entspannt, sein ganzer Ausdruck weicher als, wenn er wach war. »Ein gefallener Engel«, dachte sie, ehe ihr einfiel, dass sie Vergleiche mit Engeln verabscheute. Allerdings war ihr vorher nie in den Sinn gekommen, einen Mann mit einem solchen zu vergleichen. Aber die makellose, wie in Stein gehauene Schönheit ihres Mannes forderte einen Vergleich wie diesen geradezu heraus. Er hatte sie geheiratet, weil er sich gerne mit Schönheit umgab, so seine Worte. Aber nichts, was sie je gesehen hatte, konnte ihm selbst das Wasser reichen. Sie ballte die Hand, die sich unwillkürlich erhoben hatte, um seine Wange zu streicheln, zur Faust und ließ sie auf die Decke fallen. Was wäre passiert, hätte sie Stefan vor Axel kennen gelernt? Hätte sie sich in ihn verliebt? Er konnte unwiderstehlich sein, wenn er es darauf anlegte, das wusste sie noch aus der Anfangszeit ihrer Ehe. Allerdings hatte er schon vor geraumer Zeit aufgehört, mit ihr zu tändeln und in den Tagen seit ihrer letzten Auseinandersetzung war er ihr vermehrt aus dem Weg gegangen.

Was wäre gewesen, wenn ... sie würde es nie erfahren, da die Dinge anders gelaufen waren und sie sich in Axel verliebt hatte, der ihre Liebe verriet und sie einfach verließ. Alles was ihr blieb, war dieser schöne, dunkle Fremde, der ungebetener weise in ihr Leben und ihre Träume drängte. Sie sollte sich damit abfinden, sie hätte ein schlimmeres Los ziehen können, als einen attraktiven, reichen Ehemann, um den sie die weibliche Hälfte der vornehmen Welt beneidete. Der attraktive, reiche Ehemann beschloss in diesem Moment, die Augen aufzumachen. Gebannt starrte sie ihn an und wartete, was wohl passieren würde. Sein Blick war noch verhangen vom Schlaf und gab seinem Gesicht einen träumerischen Ausdruck, so, als bedauere er es, aufgewacht zu sein. Er sah sie an, einen Moment sichtlich irritiert, dann schien er sich bewusst zu werden, wo er war und mit wem er hier war und er richtete sich blitzartig auf. Enttäuschung strömte durch Christina, noch bevor sie das Gefühl benennen und verleugnen konnte. Er fuhr sich mit gespreizten Fingern durchs Haar, schloss die Knöpfe an seinem offenstehenden Hemd und bequemte sich, schließlich zu sagen: »Wie fühlen Sie sich?«

»Danke, ganz gut", antwortet sie im gleichen distanzierten Plauderton.

»Ich werde nach Ihren Zofen schicken und ein Bad für Sie bereit machen lassen. Wir können hierbleiben oder ins Sommerhaus zurückkehren, ganz wie Sie wollen.«

Christina rückte ein Kissen zurecht und setzte sich auf. »Lassen Sie nur Lisbeth herkommen. Sie soll Kleider mitbringen und eine Perücke.« Er nickte und war schon bei der Tür als er sich nochmals umwandte und die auf dem Boden liegenden Mäntel aufhob. Ohne ein weiteres Wort verließ er damit das Zimmer.

Christina lag noch in der Kupferwanne und genoss das warme duftende Wasser, als Lisbeth hereinstürzte. Sie trug einen Koffer in jeder Hand und verbreitete augenblicklich Frohsinn. Entweder hatte man sie wegen der abgeschnittenen Haare vorgewarnt oder aber sie war gegenüber solchen Nebensächlichkeiten gleichgültig, sie sagte kein Wort darüber, sondern schnatterte nur vergnügt drauf los, was sie bei der Herfahrt alles erlebt hatte. Energisch schäumte sie Christinas verbliebenen Schopf mit der Rosenseife ein und frottierte ihn sodann erbarmungslos. Nach dem Abtrocknen half sie ihr in ein leichtes Tageskleid und zauberte mit Kamm und Schere und einigen bunten Seidenbändern eine recht ansehnliche Frisur. Gemeinsam bestaunten sie das Werk und Lisbeth sagte stolz und bar jeglicher Bescheidenheit: »Damit könnten wir glatt eine neue Mode kreieren.«

Christina war noch nie in Stefans Stadthaus gewesen und nützte daher die Gelegenheit, sich umzusehen. Sein Kammerdiener Johann hatte Lisbeth begleitet und bot sich eilig als Führer an, da sein Herr knapp nach dem Frühstück mit unbekanntem Ziel verschwunden war.

Die Räume in dem über hundert Jahre alten Gebäude, verteilten sich auf drei Etagen, waren bei Weitem nicht so geräumig wie im Gartenpalais und vorwiegend mit dunklen Massivholzmöbeln sowie schweren Brokaten eingerichtet. Der Stil war längst aus der Mode und Christina fragte sich, warum Stefan sie nicht ersetzt hatte, noch dazu, wo er hier mehr Zeit verbracht haben soll, als in seinen anderen Häusern. Nun, vielleicht mochte er es einfach so ... so ... düster. Als beim Abendessen die Sprache darauf kam, ob sie noch hier bleiben wolle oder lieber zurück an den Rennweg, gab es deshalb kein langes Überlegen für Christina.

»Außerdem«, sagte sie voller Überzeugung, »wird mich Julia vermissen.«

»Nun ja, jeder hat so seine Verpflichtungen«, schmunzelte Stefan und gab Anweisung alles für die morgige Abreise vorzubereiten. »Die neue Frisur steht Ihnen übrigens ganz bezaubernd«, meinte er noch, ehe er das Speisezimmer verließ.

Sie waren kaum zwei Tage an den Rennweg zurückgekehrt, als Rudolf von Krieglach im Palais erschien. Stefan war in der Stadt, so empfing ihn Christina allein und musste zu ihrer Überraschung eine recht heftige Begrüßung über sich ergehen lassen. Nachdem sie sich aus seiner Umarmung befreit hatte, gelang es ihr, etwas atemlos zu sagen. »Rudolf, wie schön, Sie zu sehen.«

»Wenn Sie wüssten, Christina, welche Sorgen ich mir gemacht habe. Ich konnte nicht länger in Prag bleiben, ohne sicher zu gehen, ob meine Nachricht Stefan noch rechtzeitig erreicht hat.« Er sah sie mit einer Mischung aus Erleichterung und Besorgnis an und sie machte schnell einen Schritt zurück, da er sie sonst womöglich nochmals an sich gedrückt hätte.

»Glücklicherweise wusste Stefan, wo er mich suchen musste«, sie hatte ihre Worte ohne Vorsatz gewählt, aber jetzt dachte sie, dass sie auf diese Art etwas über Stefans Verbindung zu der Roten Ähre herausbekommen konnte.

»Ja, weil der Versammlungsort in den letzten Jahren nicht gewechselt wurde.«

»Wirklich?«, fragte Christina interessiert.

»Sie treffen sich schon seit mehr als zwanzig Jahren dort«, redete Rudolf eifrig weiter. »Auch als Stefan und ich noch zu den Versammlungen gingen, fanden sie dort statt.«

Das konnte bedeuten, dass ihr Mann heute nicht mehr an den Treffen teilnahm und würde erklären, warum er den Mantel hatte und den Versammlungsort kannte. Aber sie musste Gewissheit haben. »Sie haben ihn dorthin begleitet?«, fragte sie und schoss einen Pfeil ins Blaue ab, »also das hätte ich von einem Mann mit so tadellosem Ruf nicht gedacht.«

Er lachte geschmeichelt. »Ach Gott, es ist Jahre her. Jeder junge Spund, der etwas auf sich hielt, war damals Mitglied der Roten Ähre. Es hatte den Hauch des Verbotenen, Abenteuer und Spaß und ...« Er hielt inne, weil er Christinas Gesicht sah. Hastig griff er nach ihrem Arm. »Verzeihen Sie, ich vergaß ... aber damals tötete man höchstens ein Huhn oder eine Ziege, spritzte mit Blut und Wein herum und ... « sein Gesicht lief dunkelrot an, weil ihm einfiel, zu wem er hier sprach.

»Und?«, fragte Christina neugierig. Er erweckte den Anschein eines Regenwurms am Angelhaken.

»... und gab sich ... Zerstreuungen ... verschiedener Art hin«, vollendete er schließlich erschöpft. Zu gerne hätte sie mehr erfahren über die verschiedenen Arten der »Zerstreuung«, aber, nachdem Rudolfs Gesichtsfarbe mittlerweile, der, eines gewürgten Truthahns glich, ließ Christina Gnade walten.

»Nun, es hat sich ja alles zum Besten gewendet«, erklärte sie und setzte hinzu. »Stefan ist in der Stadt unterwegs, möchten Sie auf ihn warten?«

Rudolf schüttelte den Kopf. »Nein, sagen Sie ihm nur, dass ich aus Prag zurück bin.« Er küsste pflichtschuldigst ihre Hand und war verschwunden, noch bevor sie etwas erwidern konnte.

21

Zu Christinas Erstaunen nahmen die Einladungen nicht ab. Jeden Tag stapelten sich auf dem Kaminsims Kärtchen und Briefe, obwohl sie gedacht hatte, dass sich ihre Rolle bei der Versammlung der Roten Ähre im Flüsterton in der Gesellschaft herumsprechen würde. Trotzdem brachte sie es nicht über sich, eine davon anzunehmen. Sie fühlte sich unsicher und ungeachtet der Tatsache, dass sie an der ganzen Sache völlig unschuldig war, wurzelte tief in ihr Scham für das Geschehene. So weigerte sie sich auch, Besuche zu empfangen und verbrachte die Zeit in ihrem Zimmer, in der Bibliothek oder im Garten. Nachdem Stefan sie den dritten Abend hintereinander mit einem Buch auf dem Sofa antraf, setzte er sich zu ihr und sagte: »Es besteht kein Grund, sich zu verstecken Christina, Ihnen wurde Unrecht zugefügt, nicht umgekehrt. Sie können den Kopf hoch tragen. Es ist zwar etwas Schlimmes passiert, aber niemand der Beteiligten wird die Sprache darauf bringen. Sie haben selbst zu viel zu verlieren.«

Unsicher sah ihn Christina an. »Und was ist mit der Baronin Kernberg?«

»Sie brauchen sich keine Gedanken mehr über sie zu machen. Die Baronin hat die Stadt verlassen und wird nicht zurückkommen.« Er machte eine Pause. »Auch der Anführer der Runde hat sich auf unbestimmte Zeit auf seine Güter in Mähren zurückgezogen, dafür habe ich gesorgt.«

Diese Erklärungen beruhigten Christina. Allerdings nicht so weit, dass sie ihr Leben wie vor dem Zwischenfall wieder aufnahm. Sie tauschte gelegentlich Besuche mit anderen jungen Ehefrauen aus oder traf sich mit ihnen zu einem vormittäglichen Stadtbummel. Bei all diesen Gelegenheiten trug sie eine der neu angefertigten Perücken, und an der Reaktion ihrer Begleiterinnen merkte sie, dass niemandem etwas Ungewöhnliches auffiel.

Einige Tage nach dem mitternächtlichen Vorfall erschien Signore Belotto mit Skizzenblock und Stiften im Palais. Christina empfing ihn hocherfreut und begleitete ihn in den Garten. Sie versuchte, ihn in ein Gespräch zu verwickeln, aber er erwies sich als

ausgesprochen unkommunikativ. Zwar erweckte er den Eindruck
eines aufmerksamen Zuhörers, schien aber in Wirklichkeit nur an
den verschiedenen Perspektiven und Lichtverhältnissen interessiert zu sein. Schließlich setzte er sich auf eine Steinbank, legte den
Block auf seine Knie und ordnete die Stifte sorgfältig neben sich.
Christina begriff auch ohne Worte, dass sie entlassen war und ihn
gefälligst in Ruhe arbeiten lassen sollte. Seine Haltung enttäusch-
te sie, denn sie hatte gedacht, dass sie ihm bei der Arbeit oder
zumindest bei den Vorbereitungen dazu, über die Schulter schau-
en könnte. Die endgültigen Gemälde fertigte er aufgrund der hier
entstandenen Skizzen in seinem Atelier an. Es wäre eine willkommene Abwechslung gewesen und sie hätte ihn auch bitten können, ihr den einen oder anderen Kunstkniff zu verraten, da sie
früher selber gerne gezeichnet und aquarelliert hatte. Nichtsdesto-
trotz erstand sie bei ihrem nächsten Stadtbesuch selbst einen Skizzenblock, Kohlestifte und Aquarellfarben. Ihr erstes Motiv war
eine Statue des Gottes Merkur, die sich in einem abgelegenen Teil
des Parks befand. Mehr als ein Jahr war vergangen, seit sie einen
Stift in der Hand gehalten hatte, und so fand sie sich schnell von
zusammengeknüllten Skizzenblättern umgeben. Ihre Miene wurde zusehends grimmiger und unter dem Druck ihrer Finger bra-
chen schließlich die Spitzen der Stifte. Noch beim Abendessen
war sie wegen ihres Versagens schlecht gelaunt und wehrte Stefans Konversationsversuche einsilbig ab. Später, in der Bibliothek
hatte sie Mühe, sich auf das Buch zu konzentrieren und war schon
fast soweit, den Band zuzuschlagen und schlafen zu gehen, als sich
die Tür öffnete. Stefan stand auf der Schwelle. Unter seinem linken Arm zappelte Julia. Erst jetzt fiel Christina auf, dass sie das
Schweinchen den ganzen Tag über nicht gesehen hatte. Sie ging zu
Stefan hinüber, um ihm Julia abzunehmen.

»Ihr Schwein verbrachte den Tag in meinem Ankleidezimmer,
zwischen meinen Reitstiefeln und meinen besten Lackschuhen, um
genau zu sein.«

Christina seufzte. Das rundete ihren miserablen Tag ab. »Es
wird nicht wieder vorkommen.« Sie drückte Julia an sich und griff
nach ihrem Buch, um auf ihr Zimmer zu gehen. »Gute Nacht.«

Er blieb vor der Tür stehen und sie sah ihn mit einem gereizten Ausdruck an.

»Darf ich bitte zu Bett gehen? Oder bekomme ich wegen Julias ungeheuerlichem Verhalten zehn Stockschläge?«, fragte sie gereizt.

Er hob eine Braue und entgegnete: »Ich würde es in Betracht ziehen, wenn sich dadurch etwas änderte.«

Sie starrte ihn an.

»Himmel, warum ...«, er brach ab und sagte stattdessen: »Ich habe für den heutigen Abend keine Verabredung, und dachte, dass ich Ihnen bei Ihrer neu erworbenen Häuslichkeit Gesellschaft leisten könnte.«

Unbewusst packte Christina das Schwein fester, was ein heftiges Quieken zur Folge hatte. Sie versuchte zu ignorieren, dass ihr Herz schneller zu schlagen begann. »Ich ... ich wollte zu Bett gehen«, stammelte sie.

Er machte einen Schritt zur Seite und gab die Tür frei. »Nun, dann will ich Sie an Ihrem Schönheitsschlaf nicht hindern.«

Christina neigte leicht den Kopf und griff nach der Klinke. Die Resignation in seiner Stimme war unüberhörbar. Ihre Zungenspitze befeuchtete die trockenen Lippen. »Eigentlich bin ich noch nicht müde«, sagte sie leise. »Wollen wir eine Partie ... Schach spielen?« Erst als sie den Satz ausgesprochen hatte, fiel ihr auf, dass sie damit Erinnerungen weckte, an denen man besser nicht rührte. Sie warf ihm unter gesenkten Wimpern einen Blick zu, aber er schien völlig ungerührt und antwortete: »Haben Sie schon das Schachspiel im Erkerzimmer des Westflügels gesehen? Mein Urgroßvater hat es von einer Reise aus Konstantinopel mitgebracht.«

»Wenn Sie das Spiel mit den Elfenbein- und Onyx-Figuren meinen, es ist wunderschön«, erwiderte Christina und folgte ihm mit einem Kerzenleuchter in der Hand. Wenig später saßen sie sich an dem Spieltischchen gegenüber. Das Kerzenlicht ließ die Figuren noch plastischer erscheinen und die fein gearbeiteten Gesichter zum Vorschein kommen. Im Raum war es völlig ruhig, nur Julias leises Schnarchen durchbrach die Stille. Christina setzte ihre Züge schnell, mehr instinktiv als überlegend, und stellte überrascht fest, dass Stefan ebenso schnell spielte. Nach knapp zehn Minuten stand der Großteil der Figuren neben dem Brett. Christina sah ihren Vorteil und schlug bei der ersten Gelegenheit ohne Vorwarnung zu.

»Schach und matt«, sagte sie und lehnte sich im Sessel zurück.

Er warf ihr einen anerkennenden Blick zu. »Gut gemacht. Bekomme ich Revanche?« Während Christina die Figuren wieder aufstellte, holte Stefan eine Karaffe Cognac und zwei Gläser.

»Sie wollen mich doch nicht etwa betrunken machen?«, erkundigte sich Christina misstrauisch.

Er lachte. »Damit ich eine Chance habe?«, fragte er eindeutig zweideutig zurück und seine Augen glitzerten.

»Manche tun alles, um zu gewinnen«, sagte Christina und spürte, wie ihre Wangen heiß wurden.

»Ich spiele des Spieles wegen, nicht um zu gewinnen«, erwiderte er und goss etwas von der bernsteinfarbenen Flüssigkeit in die Gläser. »Außer, es gibt einen Einsatz, der das Gewinnen lohnt.«

Es war eine Herausforderung und Christina wusste es. Aber sie konnte sich nicht überwinden, den Einsatz, den er haben wollte, auch zu bringen.

»Gut, spielen wir des Spieles wegen«, entgegnet sie lahm und machte ihren Zug. Wieder spielten sie in einem atemberaubenden Tempo, aber diesmal gewann Stefan. Das Brett wurde gedreht, die Figuren neu aufgestellt. Mit jeder Partie stieg Christinas Konzentration und, obwohl sie an dem Cognac nur nippte, brauchte sie für ihre Züge zusehends länger. Sie zählte nicht mehr mit, wer wie viele Partien gewann und sie begriff, was er damit gemeint hatte, »um des Spieles willen zu spielen«. Sie vergaß die Zeit und als sie schließlich auf die Taschenuhr blickte, die Stefan neben der Karaffe auf den Tisch gelegt hatte, stellte sie ungläubig fest, dass es drei Uhr morgens war.

»Ich glaube, wir sollten für heute Schluss machen«, meinte sie deshalb und streckte die Hände über den Kopf, um ihren steifen Rücken zu dehnen. Sein Blick glitt über ihre Brust und obwohl sie ein hochgeschlossenes Kleid trug, konnte sie sich des Gefühls nicht erwehren, plötzlich nackt vor ihm zu stehen. Sie ließ die Arme sinken und versuchte vergeblich, nicht zu erröten.

»Ja«, sagte er langsam, »für heute ist es wirklich genug. Aber morgen, Liebste, morgen ist auch noch ein Tag.«

Dass es sich dabei nicht um leere Worte handelte, merkte Christina am nächsten Abend, als Stefan sie abermals zu einer Partie Schach einlud. Und sie hatte an den vorangegangenen Spielen zu großen Gefallen gefunden, um abzulehnen. So spielten sie wieder bis in den frühen Morgen. Am folgenden Abend zeigte er ihr in der Bibliothek ein anderes Spielbrett, das er neu gekauft hatte und dessen Figuren alle Tiergestalt trugen. Ihr Spiel wurde unterbrochen, als Ferdinand Rudolfs Besuch ankündigte. Dieser betrat schwungvoll die Bibliothek und ließ Stefan wissen, dass er ihn zu einer Soiree des Barons Wilderstett abholen wolle. Stefan winkte nur müde lächelnd ab und Rudolf setzte sich an den Tisch. Mit gerunzelter Stirn betrachte er das Spielbrett.

»Das ist alles nichts für mich. Mir genügt ein gutes Blatt beim Tarock oder beim Whist«, teilte er den beiden dann mit.

»Karten sind der Weg ins Verderben«, meinte Christina abwesend, während sie ihren Turm nahm. »Davon ist zumindest meine Mutter überzeugt.«

»Höre ich da so etwas wie Neugier?«, stichelte ihr Mann.

Christina hob den Kopf. »Neugier? Was soll schon dabei sein, ein paar bunte Bildchen über den Tisch zu schieben.« Die beiden Männer begannen zu lachen und schließlich sagte Stefan: »Möchten Sie selbst ein paar bunte Bildchen über den Tisch schieben?«

Christina betrachtete Rudolf, der sich mit einem weißen Taschentuch die Tränen aus den Augen wischte.

»So schwer kann das doch nicht sein, und was dabei unterhaltsam sein soll, verstehe ich auch nicht.« Mehr brauchte sie nicht zu sagen, denn die beiden Männer machten es sich sofort zur Aufgabe, sie in die tieferen Hintergründe des Tarock einzuweihen. Sie erfuhr alles über Farben, Stiche, Talon, Atout und nach einer Stunde schwirrten alle diese Begriffe völlig chaotisch durch ihren Kopf. Sie lehnte sich im Sessel zurück und hob die Hand. »Ohne mich, ich brauche eine Pause. Und ich möchte einmal eine Partie mit ansehen, dann wird mir die ganze Sache sicher klarwerden.« Stefan überlegte kurz und läutete dann nach Ferdinand und befahl ihm, Johann herzuschicken.

»Herr Graf wünschen?«, fragte der Kammerdiener nach seinem Erscheinen.

»Wir brauchen einen dritten Mann beim Tarock«, sagte Stefan und deutete auf den freien Sessel. Schicksalsergeben setzte sich Johann und nahm die Karten. Christina, die sich ein Glas Fruchtsaft eingegossen hatte, ging während des Spiels hinter den Männern herum und blickte in ihre Karten, während sie die Spielzüge verfolgte. Vieles, was ihr zuvor wirr erschienen war, entpuppte sich jetzt als völlig logisch. Sie blieb auch bei der nächsten Partie Zuschauerin, aber bei der dritten spielte sie mit und zu ihrer Freude schlug sie sich recht gut. Die nächsten Abende spielten Stefan, Johann und sie selbst Tarock, wenn ihr Mann keine aushäusigen Verpflichtungen hatte. Christina genoss die lockere Stimmung in diesen Stunden. Erstaunlicherweise verband Stefan und Johann mehr als auf den ersten Blick ersichtlich war. Sie tauschten freundschaftliche Scherze aus und kleine Bosheiten, die einen Außenstehenden nie auf den Gedanken gebracht hätten, dass hier Herr und Diener spielten, da sich Johann nicht unterwürfig gab und Stefan ihn nicht von oben herab behandelte. Christina entging in weiterer Folge auch nicht der Hauch von Sarkasmus in Johanns »Herr Graf wünschen und Herr Graf brauchen«, der von Stefan stets mit einem unmerklichen Lächeln quittiert wurde. Die Abende, an denen sie zu dritt oder zu viert Karten spielten oder Christina allein mit Stefan über dem Schachbrett brütete, wurden schnell zu einer angenehmen Gewohnheit, einem fixen Bestandteil ihres Lebens. Deshalb war sie auch überrascht, als sie an einem Abend die Bibliothek betrat und Stefan nicht mit Vorbereitungen für ein Spiel beschäftigt vorfand. Bei ihrem Eintritt verließ er seinen Platz am Fenster und kam zu ihr. Erst jetzt fiel ihr auf, dass er Reitkleidung trug.

»Es tut mir leid, unsere heutige Partie absagen zu müssen, Christina, aber ich muss nach Schloss Hof.«

»Oh«, brachte Christina heraus, »dann verschieben wir das Ganze eben. Auf Schloss Hof gibt es ja auch ...« sie brach ab. Auf Schloss Hof gibt es ja auch Karten und Schachbretter, wollte sie sagen. Aber dann fiel ihr ein, dass er sie nicht um ihre Begleitung gebeten hatte. Sie sah ihn an, wartete, ob er sie nicht doch fragen wollte. Aber nichts geschah. Christina straffte sich. »Dann wünsche ich Ihnen eine gute Reise, Stefan.«

Er griff nach ihrer Hand und zog sie an seine Lippen. »Ich danke Ihnen.« Seine Augen ließen die ihren dabei nicht eine Sekunde los. Endlich machte er einen Schritt von ihr weg. »Und geben Sie auf das verdammte Schwein Acht. Der Bestand meiner Stiefel hat schon genug gelitten.«

22

Erst am nächsten Morgen fiel Christina auf, dass sie Stefan nicht gefragt hatte, wie lange er wegbleiben würde. Beim Frühstück überlegte sie, was sie an diesem Tag unternehmen sollte und fühlte sich seltsam gelähmt. Vom Balkon aus sah sie Signore Belotto, der noch immer Skizzen anfertigte. Nach den vergangenen Abfuhren spürte sie nicht das geringste Verlangen nach seiner Gesellschaft. Und auch nicht danach, selbst zu zeichnen. Lustlos beantwortete sie den letzten Brief ihrer Mutter und beschloss danach, in die Stadt zu fahren. Es war geraume Zeit her, dass sie ihre Schneiderin aufgesucht hatte. Lisbeth half ihr wie üblich beim Ankleiden.

»Was soll eigentlich mit den Kleidern aus der letzten Saison passieren, gnädige Frau?«, fragte sie, während sie die Perücke für Christina bereitmachte.

Ihre Tante hatte die alten Kleider immer ins Armenhaus bringen lassen. Viele Mitglieder der wohlhabenden Gesellschaft taten das, auch die Reste von Festgelagen wurden oft in bestimmten Stadtvierteln unter Bettlern verteilt.

»Du kannst sie zusammenpacken, ich werde sie ins Armenheim schicken lassen«, sagte sie deshalb.

»Zwei Gassen hinter dem Palais ist das Waisenhaus. Wenn Sie einverstanden sind, dann bringe ich die Sachen dorthin«, bot Lisbeth an.

»Natürlich, das ist eine gute Idee, ich werde dir dabei helfen. Ich habe ohnehin keine Lust, bei dieser Hitze in die Stadt zu fahren.« Gemeinsam begannen sie damit, die in Frage kommenden Kleidungstücke auszusortieren und zu zwei Bündeln zusammenzuschnüren. Sobald sie damit fertig waren, machten sie sich auf den Weg. Das Waisenhaus befand sich tatsächlich nur einige Minuten entfernt. Christina, die davon nichts gewusst hatte, überlegte, ob sich damit nicht eine Möglichkeit für sie bot, eine karitative Aufgabe zu übernehmen.

Ein junges Mädchen öffnete die Pforte und führte sie in ein Arbeitszimmer. Eine dunkelhaarige Frau, Mitte Vierzig, begrüßte sie und bot ihnen an, Platz zu nehmen.

»Gräfin Winterfeld, ich freue mich, Euch kennen zu lernen. Pater Ignaz ist gerade in Klosterneuburg, ich werde versuchen, ihn zu vertreten. Mein Name ist Magdalena Stern. Kann ich Euch eine Erfrischung anbieten?«

»Limonade wäre fein, Frau Stern. Auch für meine Begleiterin.« Die Frau nickte und verschwand, um kurz darauf mit einem Krug und drei Gläsern zurückzukommen. Während sie einschenkte, erkundigte sie sich freundlich: »Wie geht es Eurem Gatten, dem Grafen Winterfeld?« Christina runzelte die Stirn. »Danke gut. Er befindet sich zurzeit auf Schloss Hof«, erwiderte sie und wunderte sich, warum sich die Frau nach Stefan erkundigte.

»Wir waren alle entzückt, als wir von seiner Heirat erfuhren. Ein paar der Kinder haben eine Glückwunschkarte gemalt, Lisa und Toni haben sie am Hochzeitsmorgen hinübergebracht.«

»Das ... das hat ihn sicher sehr gefreut«, sagte Christina noch immer verwirrt.

»Ja, er hat sich zwei Tage nach der Hochzeit persönlich bei den Kindern bedankt“, strahlte Frau Stern und Christina sah sie an, als sei ihr plötzlich ein zweiter Kopf gewachsen.

»Er war hier?«, fragte sie ungläubig. Es war eine Sache, sich Stefan auf Redouten und Galaempfängen oder in einem eleganten Spielsalon vorzustellen, aber eine ganz andere, ihn sich in dieser ärmlichen Umgebung auszumalen.

»Ist es Euch nicht recht?«, erkundigte sich Frau Stern besorgt. »Normalerweise kommt er nur zu Jahresbeginn her, um die Summe für die Stiftung zu regeln. Manchmal laden wir ihn auch zum Sommerfest ein oder zu ...«

»Was für eine Stiftung?«, unterbrach Christina und die Frau sah sie jetzt ängstlich an.

»Ich dachte, Ihr wisst davon ... es liegt mir fern, Euren Unwillen zu erregen. Oder den des Grafen«

Christina verschränkte die Finger auf der Tischplatte und kämpfte um Ruhe. »Vielleicht ist es am besten, Sie erzählen mir alles von Anfang an.« Frau Stern überlegte kurz und sagte dann: »Vor acht Jahren, ich fing damals gerade hier an, liefen zwei Kinder weg. Sie versteckten sich im Haus des Grafen Winterfeld, und er machte sich die Mühe, sie persönlich zurückzubringen. Dabei hat er sich hier umgesehen.« Sie hielt inne. »Damals lag noch vieles im Argen, kein Vergleich dazu, wie es jetzt aussieht, und da hat er kurzerhand angeboten, eine Stiftung für das Waisenhaus anzulegen. So haben wir ein festes Einkommen, mit dem wir das Haus renovieren können. Dieses Jahr haben wir die Küche und die Vorratskammern neu hergerichtet.« Sie blickte Christina scheu an. »Natürlich können wir alle Ausgaben belegen und Graf Winterfeld erhält auch pünktlich die Abrechnungen. Es ist alles rechtens.«

Christina seufzte. »Daran zweifle ich nicht.« Wie sollte sie der Frau gegenüber die Gedanken aussprechen, die ihr durch den Kopf gingen?

»Möchtet Ihr einen Rundgang durch das Haus machen?«, fragte Frau Stern eifrig.

»Gern«, sagte Christina. Die Kinder, die hier Obdach gefunden hatten, waren zwischen einigen Monaten und sechzehn Jahren alt, vorwiegend Mädchen. Alles, was Christina sah, war sauber und ordentlich, auf dem angrenzenden Hof wurde Obst und Gemüse gezogen.

»Dank Graf Winterfelds Unterstützung können wir auch zwei Lehrer bezahlen, und alle drei Monate kommt ein Arzt. Wir haben feste Lieferverträge mit den Bauern in der Vorstadt, niemand muss bei uns Hunger leiden.« Christina fühlte die Angst hinter den Worten der Frau, dass sie das alles zunichtemachen würde.

»Ich bin sehr beeindruckt, liebe Frau Stern«, sagte sie. »Und ich hoffe, dass Ihre Arbeit wirklich geschätzt und anerkannt wird.« Sie kamen wieder in dem Zimmer an, wo sie die beiden Kleiderbündel zurückgelassen hatte. Beschämt blickte Christina darauf. Was für eine armselige Gabe. »Ich habe einige aus der Mode gekommene Kleidungsstücke mitgebracht, weil ich dachte, dass Sie dafür vielleicht Verwendung haben.«

»Oh, ich bin sicher, dass wir die Kleider für die Mädchen umändern können. Vielen Dank, Gräfin.« Sie machte Anstalten auf die Knie zu fallen, und Christina griff schnell nach ihrer Hand. »Das ist wirklich übertrieben, Frau Stern. Ich bin froh, wenn Sie dafür Verwendung haben. «

Die Frau knickste. »Bestellt dem Grafen meine Grüße, gnädige Frau.«

»Das werde ich, Frau Stern.«

Lisbeth plauderte in ihrer unkomplizierten Art den ganzen Weg über, aber Christina bekam davon nichts mit, weil sie ihren eigenen Gedanken nachhing. Sie hatte Stefan immer unterschwellig Verachtung entgegengebracht, für die in ihren Augen obszöne Art, wie er mit seinem Geld umging. Es wäre ein Leichtes für ihn gewesen, sie mit der Stiftung, die er für das Waisenhaus eingerichtet hatte, zu beeindrucken. Aber er hatte sie nicht einmal erwähnt. Sie dachte über die Angelegenheit noch nach, als sie nachmittags mit dem Skizzenblock im Garten saß und sich wieder einmal an einer der Statuen versuchte.

Langsam nahmen ihre Zeichnungen jene Form an, mit der sie zufrieden sein konnte. Zahlreiche Übungsstunden und das Beobachten der Arbeit des regelmäßig erscheinenden Bernardo Belottos trugen schließlich doch Früchte. Zufrieden legte sie die Skizze der Göttin Diana zur Seite. Demnächst würde sie damit anfangen, nach den Skizzen Aquarelle zu malen. Das vor ihr liegende weiße Blatt schien sie herauszufordern und sie nahm einen frisch gespitzten Kohlestift. Warum ließ Stefan sie im Glauben, sein einziges Trachten und Streben gelte dem Verschwenden seines Vermögens? Warum stellte er sich selbst als arroganten, blasierten Bonvivant dar, dem nichts so wichtig war, wie seine Stellung in der Gesellschaft? Ein arroganter Schnösel, der sich im gleichen Moment mit seinem Kammerdiener zu einer Partie Tarock zusammensetzte und bloß lachte, wenn der ihn schlug und sein Verlieren spöttisch kommentierte. Die Gedankenlosigkeit, die er oft zur Schau trug, war nicht echt, dessen war sich Christina sicher und erinnerte sich, wie sorgsam und weit blickend er die Verträge bezüglich ihrer Eheschließung aufgesetzt hatte.

Sie blickte auf das Blatt und war nicht wirklich überrascht, wer ihr entgegensah. Stefans Gesicht war leicht zu zeichnen, da es bei aller Regelmäßigkeit ausgeprägte Ecken und Kanten aufwies. Das Dreiviertelprofil, das sie gewählt hatte, verstärkte die Konturen. Seine Unterlippe war voller als die Oberlippe und sie zog den sanften Schwung ein zweites Mal nach. Nachdenklich betrachtete sie das Bild. Was verbarg sich noch hinter dieser glatten Stirn, hinter dem kleinen, ironischen Lächeln? Sie legte das Blatt zur Seite und begann, ein anderes Gesicht zu zeichnen.

Und voller Entsetzten stellte sie dabei fest, dass es ihr Mühe machte, sich an Axels Züge zu erinnern. Es dauerte viel länger und war viel schwieriger, da sein Gesicht noch den Schmelz der ersten Jugend, aber keinen klaren Ausdruck trug. Seine Wangen waren rund und gingen in ein ebenso rundes Kinn über. Sein Blick unter zarten Brauen war liebevoll, aber nicht zwingend. Die Lippen voll, aber das Lächeln ohne Feuer. Sie hielt die beiden Skizzen nebeneinander. Ein Mann und ein Junge. Sie hatte einen Jungen gezeichnet, der ihr Bruder sein konnte und einen Mann, der ... ihr Herz schneller schlagen ließ. Die Blätter zeigten, was sie sah und als ihr die Bedeutung bewusst wurde, schloss sie für einen Moment die Augen. Dann griff sie nach Stefans Bild und zerriss es in hundert kleine Stücke.

Doch auch diese impulsive Reaktion änderte nichts daran, dass sie Stefan vermisste. Die kurzweiligen Abende in seiner Gesellschaft, die Art wie er einem einfachen Satz eine doppelte Bedeutung geben konnte, die ihre Haut zum Prickeln brachte; die absolut verachtenswerte Weise, mit der seine Augen über ihren Körper wanderten; die heitere Unbekümmertheit, mit der er am Kartentisch herumalberte und sie aufzog, wenn sie eine Chance übersah. Sie vermisste ihn und sie war bereit, es zuzugeben. Aber sie gab nur zu, dass sie ihn vermisste, weil die Abende an Eintönigkeit nicht zu übertreffen waren. Johann hatte Stefan nach Schloss Hof begleitet und Rudolf ließ sich nicht bei ihr blicken. So blieben ihr Julia und die Bibliothek. Und der Stapel Einladungen auf dem Kaminsims. Aber so oft Christina ihn auch durchblätterte, sie konnte sich nicht dazu durchringen, eine davon anzunehmen. Sie fühlte sich noch immer nicht sicher genug, einer Gesellschaft gegenüberzutreten, in der sich möglicherweise Zeugen für ihre erniedrigende Eskapade befanden.

So langweilte sie sich bereits eine gute Woche Abend für Abend in der Bibliothek, als sie bei einem Besuch in der Stadt ein Flugblatt erhaschte, der einen Maskenball in der Mehlgrube in Wien ankündigte. Den ganzen folgenden Nachmittag grübelte Christina darüber nach, ob sie diese Veranstaltung besuchen sollte oder nicht. In der Mehlgrube trafen sich nur Bürgerliche, und wenn sie maskiert erschien, würde sie niemand erkennen. Es war genau das Maß an Sicherheit, das sie brauchte, um ihrer Langeweile einen Abend lang zu entkommen.

23

Stefan reichte die Zügel seines Pferdes dem Stallburschen und eilte zum Eingang des Palais. Er war überstürzt von Schloss Hof abgereist und hatte es Johann überlassen, sich um alles zu kümmern. Ein impulsiver Entschluss, um das Wort dumm zu vermeiden. Aber die Sehnsucht hatte ihn getrieben, die Sehnsucht, Christina noch einmal zu sehen, bevor er ins Ungewisse aufbrechen musste. Er konnte ihr nichts davon erzählen, und genau deshalb wäre es klüger gewesen, gar nicht erst nach Wien zurückzukehren. Aber kluge, zweckmäßige Entschlüsse mieden sein Leben, seit er Christina zum ersten Mal gesehen hatte. Ferdinand öffnete ihm.

»Wo finde ich meine Frau?«, erkundigte er sich und wie immer durchströmte ihn sanftes Glücksgefühl, wenn er diese beiden Worte gebrauchte. Dieses Mal würde er sich nicht damit zufrieden geben, nur ihre Hand zu küssen, und wenn er den Waffenstillstand der letzten Wochen richtig deutete, standen seine Chancen nicht schlecht, dass sie seinen Kuss nicht nur dulden, sondern auch erwidern würde.

»Die Gräfin ist ausgegangen«, bremste Ferdinand seine Euphorie.

»Ausgegangen?«, wiederholte er enttäuscht. Natürlich war es gut, wenn sie sich nicht länger versteckte, aber ausgerechnet heute ...

»Wohin?«

»Darüber bin ich leider nicht informiert. Vielleicht weiß Lisbeth Näheres. Sie räumt gerade das Zimmer der Gräfin auf.«

Zwei Stufen auf einmal nehmend, hastete Stefan die Treppe hinauf. Die Tür von Christinas Zimmer stand offen, drinnen brannten mehrere Kerzen. Er sah sich flüchtig um und wollte schon gehen, als sein Blick auf die auf dem Schreibtisch verteilten Zeichnungen fiel. Christina wollte es also tatsächlich mit Signore Belotto aufnehmen. Er konnte ein Lächeln nicht unterdrücken und begann, die Skizzen durchzublättern. Da er von Malerei nichts verstand und die Bilder tatsächlich Ähnlichkeit mit den im Park stehenden Statuen aufwiesen, beschloss er, sie für durchaus brauchbar zu halten. Das Lächeln verschwand jäh von seinem Gesicht, als er die Zeichnung von Axel entdeckte. Sie hatte den hübschen Jungen mit dem zärtlichen Ausdruck gut getroffen. Viel zu gut für seinen Geschmack.

»Herr Graf?«, riss ihn Lisbeths fragende Stimme aus seinen Gedanken. Sie stand hinter ihm und hielt einen Stapel gebügelter Bettwäsche auf den Armen. Er ließ die Zeichnung fallen und drehte sich zu ihr um.

»Ferdinand sagte mir, dass meine Frau ausgegangen ist. Wissen Sie vielleicht, wohin?«

»Sie wollte den Maskenball in der Mehlgrube besuchen«, antwortete das Mädchen und legte den Wäschestapel auf das Bett.

»Wann ist sie aufgebrochen?«

»Vor einer guten Stunde.« Sie blickte ihm nach, wie er an ihr vorbei eilte. »Wollt Ihr gar nicht wissen, welches Kostüm sie trägt?«

Er blieb stehen.

»Es blieb natürlich keine Zeit ein Kleid zu bestellen, also musste ich improvisieren und ... «, sie riss sich zusammen. »Sie trägt eine lange schwarze Perücke mit Perlenschnüren und ein hellblaues Kleid mit Silberstickerei. Sie wollte als Meerjungfrau gehen.«

Es fehlte nicht mehr viel auf Mitternacht als Stefan die Mehlgrube, ein für seine rauschenden Veranstaltungen bekanntes Etablissement, betrat. Maskenbälle im Sommer waren selten und dieses Fest schien auf große Gegenliebe zu stoßen, da der Raum praktisch überquoll mit farbenprächtig maskierten Gestalten. Er selbst hatte sich für einen einfachen schwarzen Domino entschieden und eine ebenfalls schwarze schmucklose Maske, die seine Augen und seine Nase bedeckte. Entschlossen quetschte er sich durch die Menge und hielt dabei nach Christina Ausschau. Gleichzeitig überlegte er, wie er sie aus dem Kreis ihrer Anbeter entführen konnte, ohne größeres Aufsehen zu erregen. Oder sollte er sie einfach nur beobachten, wie sie lachte und sich unterhielt, um sich dann ungesehen zu entfernen? Nein, er musste mit ihr sprechen und er wollte sie berühren, wenn auch nur für ein paar Sekunden. Dann sah er sie. Sie stand neben einem der Fenster. Allein. In der Hand hielt sie ein leeres Champagnerglas. Sie blickte auf die Tanzfläche. Langsam kam er näher. Er versuchte, seiner Stimme einen heiteren, beschwingten Klang zu geben und hatte das Gefühl, dabei kläglich zu scheitern. »So allein, schöne Meerjungfrau?« Auch der Text war nicht gerade originell.

Sie drehte sich zu ihm. Ihr Gesicht wurde von einer reich verzierten weißen Maske verdeckt. Die Perlenschnüre in ihrem langen schwarzen Haar schimmerten im Kerzenschein.

»Was kümmert es Euch, schwarzer Ritter?«, fragte sie abweisend.

»Als Ritter bin ich immer auf der Suche nach einer Jungfrau in Bedrängnis«, versuchte er den leichten Tonfall beizubehalten.

»In Bedrängnis fühle ich mich erst seit einer Minute.«

Ihre Kratzbürstigkeit brachte ihn auf den Gedanken, dass sie ihn nicht erkannte und er beschloss, die Situation noch ein wenig hinauszuzögern. »Vorher wart Ihr also glücklich?«

Sie legte den Kopf schief und betrachtete ihn eingehend durch ihre Maske. Dann stellte sie das Glas weg und klappte ihren Fächer auf. »Ich habe mein Herz verloren und kann es nicht wieder finden, so sehr ich auch danach suche«, sie wippte kokett mit dem Fächer und schlug die Augen nieder. Sie hatte seine Geschichte nicht vergessen, sondern spann sie sogar weiter, stellte er entzückt fest. Er neigte sich zu ihr.

»Seid Ihr sicher, dass Ihr Euer Herz verloren habt?« Er strich mit dem Zeigefinger über ihren nackten Oberarm und sie folgte der Bewegung mit den Augen. Als die Fingerspitze ihre Schulter erreichte, beugte er sich vor und hauchte einen Kuss auf die Stelle. »Vielleicht wurde es gestohlen.« Er spürte, dass sie den Atem anhielt und schob das lange Haar zur Seite, um einen weiteren Kuss auf ihrer Halsbeuge platzieren zu können. Sie entwand sich ihm.

»Gestohlen?«

»Nun ja, von den Mächten des Bösen ...«, er hatte Mühe, sich auf die Geschichte zu konzentrieren, ihre Nähe, ihr Duft, ihre weiche Haut ließen ihn vergessen, wo er war. Sie machte einen Schritt auf ihn zu. Die Spitzen an ihrem Dekolleté streiften seinen Domino, der Fächer wurde geräuschvoll zusammengeklappt.

Die Mächte des Bösen ...«, ihre Stimme klang heiser, » ... in Gestalt eines schwarzen Ritters?«

Er brauchte einen Moment, um zu begreifen, was sie da gesagt hatte und auch dann war er nicht wirklich sicher, ob er richtig verstanden hatte. Allerdings presste sich zu diesem Zeitpunkt bereits ihr Mund auf den seinen und erstickte damit jede weitere Frage. Er zog sie enger an sich und spürte, wie sie ihre Arme um seinen Hals schlang. Ihr Mund schmeckte noch süßer als in seiner Erinnerung, ihre Lippen waren noch entgegenkommender als in seinen wildesten Träumen. »Seit wann sind Sie wieder zurück?«, hörte er sie an seinem Ohr murmeln, als sie Atem holen mussten.

»Drei Stunden.« Er küsste sie wieder. »Wenn ich gewusst hätte, welcher Empfang mir bereitet wird, wäre ich schon vor Tagen zurückgekommen.«

Sie lehnte sich in seinen Armen zurück. »Ich habe Sie vermisst. Und Johann natürlich auch.« Ihre Augen glitzerten.

»Denken Sie nicht einmal daran, ihn auf die gleiche Art zu begrüßen.«

»Sonst?«

»Sonst werden die Mächte des Bösen grauenvolle Rache verüben.«

Sie lachte. Ein helles, unbeschwertes Lachen, das sein Herz jubilieren ließ. Er wusste, dass er fragen sollte, was ihren Wandel herbeigeführt hatte. Aber er konnte nicht. Er war so glücklich über die Veränderung in ihrem Verhalten, dass ihm der Grund dafür im Augenblick völlig egal war. Er betrachtete sie, noch immer im Bann ihres Lachens. »Möchten Sie tanzen? Oder soll ich Ihnen ein Glas Champagner holen?«, bot er eifrig an. Sie schüttelte den Kopf. »Möchten Sie sich setzen?« Sie schüttelte wieder den Kopf. Ratlos sah er sie an.

Sie nahm seinen Arm. »Ich möchte gehen«, sagte sie langsam und blickte ihm dabei in die Augen. Stefans Atem stockte. Er hörte die Worte und er hörte die Botschaft, die sich dahinter verbarg. Da hatte er wochenlang überlegt, wie er sie verführen konnte, auf subtile und weniger subtile Weise, und jetzt stand sie da und erklärte, dass es ihr vorrangiger Wunsch ist, sein Schlafzimmer von innen zu sehen. Er legte seine Finger über die Hand auf seinem Arm.

»Ihr Wunsch ist mir Befehl.« Wie auf Wolken schwebte er mit Christina nach draußen, befahl, die Kutsche vorzufahren und half seiner Frau beim Einsteigen. Die Laterne an der Decke im Inneren hing schief und er wollte sie zurechtrücken, als der Kutscher ohne Vorwarnung die Pferde antrieb. Stefan verlor das Gleichgewicht und fiel auf Christina, statt ihr gegenüber Platz zu nehmen. Die Kollision wurde durch ihre weichen Brüste, auf denen sein Kopf landete, angenehm gemildert und er hörte, wie sie kicherte. Er wollte aufstehen, doch Arme, die sich um seinen Oberkörper schlangen, hinderten ihn daran. So rutschte er nur in eine bequemere Position und hob den Kopf. Ihr Gesicht war Zentimeter entfernt und ihre Lippen fanden sich von selbst. Wieder begannen ihre Zungen miteinander zu spielen, neckten und lockten, stießen vor und wichen zurück. Seine Hände strichen über ihre Arme, er zog sie fest an sich und fühlte, wie ihr Körper sich so eng an seinen schmiegte, als wolle er damit verschmelzen. Sie stöhnte in seinen Mund und er riss mit einer schnellen Bewegung die Perücke von ihrem Kopf. Ihre Hand flog zu ihrer Stirn und sie sah ihn bestürzt an.

»Schön«, murmelte er erstickt und durchkämmte zärtlich ihr kurzes seidiges Haar mit den Fingern, »so schön.“ Sie entspannte sich wieder, lehnte sich an ihn und ließ ihn mit geschlossenen Augen gewähren. Schauer liefen über ihren Körper, während seine Lippen der Kontur ihres Kiefers folgten, über ihren Hals wanderten und schließlich federleichte Küsse auf die zarte Haut ihres Dekolletés hauchten. Ihr Herzschlag raste und ihr Atem kam in schnellen Stößen. Seine Hand umfasste ihre Brust durch den dünnen Stoff des Kleides und drückte sie leicht nach oben, solange bis sich ihre Brustwarze über die Rüschenkante des Ausschnitts schob. Er betrachtete die dunkelrosa Knospe, die sich von ihrer weißen Haut abhob. Perfekt, so wie alles an dieser Frau. Ihre Finger gruben sich in seine Schultern als er seine Lippen um die harte Spitze schloss und sie sanft mit seiner Zunge zu reizen begann. Sie stöhnte wieder und das kehlige Geräusch steigerte seine eigene Erregung in einem Maße, wie er es noch nie erlebt hatte. Unbewusst bahnten sich seine Finger einen Weg durch die zahlreichen Schichten ihrer Röcke und fanden ein seidenbestrumpftes Bein. Sie wanderten nach oben, dorthin, wo über dem Strumpfband die nackte Haut ihres Schenkels wartete. Einen Moment hielt er inne und genoss diesen Augenblick, ehe seine Finger zu ihrem Venushügel glitten und in den krausen Löckchen versanken.

Sie war feucht und ihr heißes Fleisch bereit für ihn. Ihre Hüften bogen sich seiner suchenden Hand entgegen und der Instinkt befahl ihm, sich zwischen ihre Schenkel zu knien und sich in ihr zu vergraben. Aber er konnte nicht. Nicht mit ihr, nicht an diesem Ort. Sie hatte für ihr erstes Mal etwas Besseres verdient als ein schnelles Geschiebe auf den Holzbänken einer Kutsche. Er hob den Kopf, Erstaunen auf ihrem erhitzten Gesicht, ebenso Verwirrung, als er anfing, das Zentrum ihrer Lust zu streicheln. Seine Finger fanden den Rhythmus, der nötig war, um ihre Erregung bis zum Höhepunkt zu treiben. Und mit nichts weniger würde er sich zufrieden geben. Sie wand sich, stimmte in seine Bewegungen ein und keuchte leise. Ihre Beine spreizten sich, um ihm besseren Zugang zu gewähren. Schweißtröpfchen perlten auf ihrer Stirn und ihrer Oberlippe. Ein Ausdruck von Panik begann die Verwirrung auf ihrem Gesicht zu verdrängen und er flüsterte beruhigend: »Es ist gut Liebste, lass einfach los, ich bin da, ich fange dich auf.« Ihre Finger krampften sich in seinen Domino, ihr Mund öffnete sich zu einem lautlosen Schrei. Ihre Augen verwandelten sich in dunkle Teiche, als sich ihr Körper aufbäumte und er ihre Kontraktionen spürte. Er drückte ihren Kopf an seine Schulter, küsste ihre schweißnasse Stirn und begann, sie sanft zu wiegen. Ihr Atem beruhigte sich und nach einer Weile sagte sie: »Das ist es also.«

Er lächelte, weil er wusste, dass sie ihn nicht sehen konnte. »Das, Liebste, ist nur der erste Absatz in einem Buch mit tausend Seiten.«

Sie kuschelte sich enger an ihn. »In keinem der Bücher, die ich gelesen habe, stand das«, murmelte sie dann. »Ich frage mich wirklich, welche Bücher du liest«

Er lachte heiser. »Finde es heraus.«

»Keine Sorge, das werde ich.« Als er seine Hand wegziehen wollte, schloss sie ihre Schenkel und hielt ihn fest. Die Wirkung auf seinen Körper setzte so unmittelbar ein, dass er hoffte, sich nicht wie

ein grüner Junge in seinen Beinkleidern zu verströmen. Sein ge-
murmelter Fluch brachte sie dazu, den Kopf schief zu legen und
ihn mit gerunzelter Stirn anzusehen.

»Ist alles in Ordnung?«

»Alles bestens«, antwortete er und hoffte, dass sie im Palais ankamen, ehe es zu spät war.

24

Christina schmiegte sich an ihren Mann. Sie hatte Angst davor gehabt ihm zu zeigen, dass sich ihre Gefühle geändert hatten, außerdem hatte sie nicht gewusst, wie sie auf ihn zugehen sollte. Aber dann, als sie ihn beim Maskenball erkannt hatte, war alles ganz einfach gewesen und jetzt ... sie schloss die Augen ... jetzt würden sie von vorne beginnen. Die Kutsche hielt und Stefan öffnete die Tür. Er stieg aus, während sie ihre Garderobe in Ordnung brachte. Schließlich stand sie auf der obersten Stufe des ausklappbaren Treppchens und reichte ihm die Hand. Er blickte darauf, machte dann einen schnellen Schritt auf sie zu und hob sie auf seine Arme. Sie legte den Kopf an seine Schulter und schloss die Augen. Heute Nacht würde sie seine Liebste sein. Und in jeder Nacht, die ihr folgte. Ihr Körper summte noch vom Nachhall der letzten Minuten und kribbelte vor Freude auf die kommenden Ereignisse. Sie liebte ihn und in Zukunft würde sie all das sein, was er ihr einmal gesagt hatte: seine Frau, seine Geliebte, seine Partnerin, seine Vertraute. Ihre Hand streichelte seinen Nacken und der Griff seiner Arme verstärkte sich. Sie lächelte und schnurrte vor Wohlbehagen wie eine Katze. Von ihr aus hätten sie noch Stunden so weiter gehen können, aber als er stehen blieb, merkte sie, dass sie vor dem Tor des Hauses angekommen waren. Stefan stellte sie auf den Boden und begann, seine Taschen zu durchsuchen. Sie lehnte sich an ihn und begann seinen Hals zu küssen, da alles andere von ihm durch den lästigen Domino verhüllt wurde.

»Was tust du da?«, fragte sie ohne wirkliches Interesse.

»Ich suche den Schlüssel, oder möchtest du dem gestrengen Ferdinand unter die Augen treten?« Sie kicherte bei der Vorstellung und knabberte an seinem Ohrläppchen. Er bog den Kopf zur Seite. »Etwas mehr Contenance, Liebste, es trennen uns nur mehr zwanzig Schritte von unserem Ziel.«

Sie runzelte die Stirn. »Unserem Ziel?«

»Einem Zimmer mit absperrbarer Tür und einem breiten Bett.« Beruhigt fuhr sie damit fort, jeden Zentimeter seiner Haut, den sie erreichen konnte, mit ihren Lippen zu erforschen. Sie hörte ihn wieder fluchen und gleichzeitig das Geräusch eines im Schloss gedrehten Schlüssels. Dann wurde sie so heftig gepackt, ins Innere des Hauses gezogen und an die Tür gedrückt, dass sie einen Moment lang die Orientierung verlor. Sein Mund war wieder auf dem ihren, fordernd, alles zu nehmen und versprechend, alles zu geben. Mit der harten Tür im Rücken und seinem harten Körper vor sich, erwiderte sie den Angriff mit der gleichen Vehemenz.

»Gott, ich brauche dich so sehr«, flüsterte er und presste sich noch enger an sie. Sein Mund liebkoste ihre Schläfe und sein Knie glitt zwischen ihre Schenkel, während seine Hände über ihre Seiten wanderten. »Ich weiß nicht, ob ... ob ich so sanft sein kann, wie ich sein sollte«, murmelte er abgehackt. All die Liebe, die sie für ihn empfand, überschwemmte in diesen Moment ihr Herz.

»Sei du selbst«, antwortete sie mit belegter Stimme, »sei einfach du selbst. Keine weiteren Masken mehr, hörst du?« Er küsste sie wieder und wollte sie hochheben, als eine kalte Stimme die Luft durchschnitt: »Ich störe diese rührende Szene ja nur ungern, aber irgendwie muss ich mich wohl bemerkbar machen.«

Erst jetzt fiel Christina auf, dass in der Halle trotz der späten Stunde zwei Leuchter brannten und neben dem Kamin mehrere Koffer und Taschen standen. Stefan ließ sie los und drehte sich um. Ehe sie über seine Schulter spähen konnte, hörte sie seine ungläubigen Worte: »Was zum Teufel willst du hier, Mutter?«

Die schwarzhaarige Frau in dem bordeauxroten Reisekostüm kam langsam näher. Die Art, wie sie ihre Augen über Christinas ramponierten Zustand wandern ließ, brachte deren Wangen zum Glühen.

»Eine Menge Gerüchte sind im Umlauf. Und da wollte ich mich eben mit eigenen Augen davon überzeugen, ob mein Sohn tatsächlich ein Vaterlandsverräter ist.«

Später konnte sich Christina nicht mehr daran erinnern, wie sie auf ihr Zimmer gekommen war. Nur, dass sie die beiden aufeinander einbrüllen hörte, und dass sie sicher nicht allein im Haus waren. Sie rollte sich auf ihrem Bett zusammen und bohrte ihre Faust in den Magen. Ihr war schlecht und sie stellte den Nachttopf bereit, falls sie sich übergeben musste. Lisbeth tauchte auf, aber sie schickte das Mädchen weg, da sie allein sein wollte. Und weil sie hoffte, dass Stefan zu ihr kommen würde, wenn die Auseinandersetzung mit seiner Mutter beendet war. Aber die Zeit verstrich und die Aufregungen des Abends forderten ihren Tribut. Christina schlief tief und traumlos, und fühlte sich beim Aufwachen wie gerädert. Sie hielt diesen Morgen für den schwärzesten ihres Lebens. In Gedanken versuchte sie Ausreden für ihr Verhalten zu finden, wenn sie Stefan unten gegenübertreten musste. Alkohol oder beginnender Wahnsinn klangen nicht schlecht. Aber als sie sich zum Frühstück setzte und sich bei Ferdinand nach ihrem Mann erkundigte, erfuhr sie, dass er noch in der Nacht abgereist war, ohne ein Ziel, geschweige denn, eine Dauer für sein Fernbleiben anzugeben. Nach der ersten Bestürzung gelang ihr zu sagen: »Und die Gräfin, seine Mutter?«

»Sie ist am Morgen ins Stadthaus gefahren«, antwortete Ferdinand mit unbewegter Miene. Christina rührte in der Tasse. Wie konnte er gehen, ohne ihr eine Nachricht zu hinterlassen? War er wegen ihr verschwunden? Verließen sie alle Männer, die näher mit ihr in Kontakt kamen? Keine unwahrscheinliche Möglichkeit, immerhin hatten sich sowohl ihr Vater als auch Axel aus dem Staub gemacht. War ihr Benehmen schuld daran, hatte ihn ihr schamloses Betragen letzte Nacht vertrieben? Hatte ihre Tante Recht damit, dass sie im Inneren ein Flittchen war? Stöhnend presste sie ihre Hände an die schmerzenden Schläfen und beschloss, den restlichen Tag im Bett zu verbringen. Natürlich stellte es keine Lösung ihrer Probleme dar, sich das Kissen über den Kopf zu ziehen und es dauerte auch nicht lange, bis Christina sich darüber klar wurde. Sie beschloss zu handeln. Der letzte Mensch, der Stefan gesehen hatte, war seine Mutter. Vielleicht wusste sie, wo ihr Mann sich aufhielt.

Bei ihrer Kleidung ließ sie besondere Sorgfalt walten, wählte ein hochgeschlossenes Kleid mit dezentem Spitzenbesatz und eine unauffällige Perücke. Auf Schmuck verzichtete sie gänzlich und trug nur ihren Ehering. Trotzdem fühlte sie sich bei ihrer Mission nicht wohl und noch während sie im Salon des Stadthauses auf die Gräfin wartete, musterte sie sich unbehaglich im Spiegel.

Leonora Gräfin Winterfeld betrat nicht einfach das Zimmer, sie erschien. Ihre Haltung glich der einer Herrscherin und Christina knickste unwillkürlich, als sie ihr die Hand reichte. Die ältere Frau musterte sie eine Weile schweigend und deutete dann auf das Sofa. »Nehmen Sie Platz. Christina, ist ihr Name, glaube ich?«

»Ganz richtig, Gräfin.« Christina ordnete die Falten ihres Rockes.

»Nun, Christina, ich nehme an, Stefan hat Sie geschickt, um sich für den gestrigen Abend zu entschuldigen. Lassen Sie sich gesagt sein ...«

»Stefan hat mich nicht geschickt, und ich wüsste nicht, wofür ich mich zu entschuldigen hätte«, unterbrach Christina ihre Schwiegermutter. »Ich habe nichts Unrechtes getan, Stefan und ich sind verheiratet und wir befanden uns in unserem eignen Haus. Wir hatten mit keinem Besuch gerechnet.«

Ein Schmunzeln breitete sich auf dem Gesicht der alten Gräfin aus. »Eigentlich hatte ich den gestrigen Streit im Sinn, nichts Anderes.«

»Oh.« Christina konnte nicht verhindern, dass sie rot wurde und sich sehr dumm fühlte.

»Gut. Wenn Stefan Sie nicht geschickt hat, warum sind Sie dann hier?«

»Stefan ist abgereist, und ich weiß nicht wohin. Sie haben ihn als Letzte gesehen und ich dachte, Sie wissen vielleicht ...«

Leonora lachte trocken auf. »Glauben Sie wirklich, dass er mir seine Pläne verrät – im selben Augenblick, in dem er mir sein Haus verbietet?«

»Er hat Ihnen sein Haus verboten?«, wiederholte Christina ungläubig.

Ja, und dann hat er mich rausgeworfen, samt meinem Gepäck. Das Personal des Palais hat Anweisung, mich nicht einzulassen.« An der Stimme der alten Gräfin merkte Christina, wie verletzt sich die Frau fühlte. »Warum sind Sie nach Wien gekommen?«, fragte sie zögernd. Ihr Gegenüber erhob sich und ging zu einem Schränkchen. Dort füllte sie zwei zierliche Gläser mit einer rubinroten Flüssigkeit und reichte eines davon ihrer Schwiegertochter.

»Ich hielt mich ein paar Wochen in Eisenstadt bei der Fürstin Esterhazy auf. Ihre Verwandten in Ungarn berichteten von beginnenden Unruhen gegen die Regierung in Wien.« Sie hielt inne und stürzte den Kirschlikör in einem Schluck hinunter. »Der Anführer der Aufständischen soll mein Sohn sein.«

Christina runzelte die Stirn. »Niemals«, sagte sie dann.

»Oh ja, das habe ich auch gesagt, aber es gibt Beweise und die sind unwiderlegbar.«

»Nein«, wiederholte Christina entschieden. »Stefan würde das nie tun. Die Loyalität zum Kaiserhaus ist für ihn so wichtig wie die Luft zum Atmen.«

»So wie es scheint, hat er uns alle getäuscht und nur eine schillernde Maske getragen.«

Der letzte Satz erstickte Christinas Protest. Auch ihr gegenüber hatte er nicht sein wahres Gesicht gezeigt. Und jetzt wusste niemand, wo er war. »Das kann und will ich nicht glauben. Sobald Stefan wieder zurück ist, werde ich mit ihm sprechen«, sagte sie mit größerer Überzeugung, als sie empfand. Sie stand auf und reichte der Gräfin die Hand. »Ich kann Stefans Anweisung nicht rückgängig machen, aber ich würde mich freuen, Sie zu einem Mittagessen im ›Goldenen Ochsen‹ einzuladen.«

25

Zwei Tage vergingen, ohne dass man etwas von Stefan hörte. Dann stürmte Rudolf das Palais und überbrachte atemlos die Hiobsbotschaft: »Man hat Stefan verhaftet. Er sitzt in Budapest im Gefängnis. Hochverrat.«

Christina starrte ihn an. »Sicher ein Missverständnis ...«, wandte sie mit bangem Herzen ein. Rudolf ließ sich in einen Sessel fallen und zerwühlte vor lauter Verzweiflung sein Haar. »Wie sehr ich das hoffe.«

»Ich fahre nach Budapest. Gleich morgen früh«, sagte Christina entschlossen. »Und ich nehme einen Advokaten mit.«

»Ich begleite Sie, Christina«, bot Rudolf sofort an

.»Einverstanden, wir treffen uns, morgen um acht Uhr hier.« Christina packte mit Lisbeth ein paar Sachen zusammen und machte sich dann auf in die Stadt, um einen Rechtsbeistand zu finden. Nachdem die erste Kanzlei sie abwies, dachte sie noch an nichts Böses, aber als sich der Vorfall wiederholte und jeder Advokat auf Distanz ging, sobald er erfuhr, worum es sich handelte, begriff sie, dass niemand bereit war, eine so heikle Angelegenheit zu übernehmen.

Sie verbrachte eine schlaflose Nacht, in der sie sich immer wieder vorstellte, wie man Stefan misshandelte, ihn hungern ließ und in ein finsteres Loch sperrte. Am Morgen wanderte sie in der Halle zwischen ihren beiden Reisetaschen auf und ab und wartete auf Rudolfs Erscheinen. Als er endlich kam, merkte sie schon an seiner Körperhaltung, dass er keine guten Neuigkeiten brachte.

»Wir brauchen nicht nach Budapest zu fahren«, sagte er leise. Christinas Hand glitt zu ihrer Kehle und alles Blut wich aus ihrem Gesicht.

»Ist er ... ist er ...«, sie konnte es nicht aussprechen.

Rudolf schüttelte den Kopf. »Nein, er ist nicht tot. Aber vielleicht wäre es für uns alle besser ...«, er unterbrach sich. »Die Aufständischen haben ihn noch vor Mitternacht befreit und sind mit ihm geflüchtet.«

Christina sank auf einen Hocker. Sie konnte es noch immer nicht glauben.

»Und jetzt?«

Rudolf zuckte die Schultern. »Ich weiß es nicht.« Er schlug die Hände vors Gesicht und Christina hörte sein Schluchzen. »Gott steh uns bei.«

Stefans Mutter, die Christina aufsuchte, blieb nahezu unbewegt, als sie die neueste Entwicklung der Dinge erfuhr. »Meine Liebe, Sie wollten mir ja nicht glauben«, sagte sie und nippte an ihrem Kaffee.

»Nein, und ich bin noch immer der Ansicht, dass es für alles eine Erklärung gibt.«

»Natürlich gibt es die. Stefan leidet unter einem bedauerlichen Mangel an Charakterstärke, immer schon. Er ist triebhaft und gedankenlos. Er genießt die Stellung, die er einnimmt, aber er ist sich der Verantwortung, die sie mit sich bringt, nicht bewusst oder will sich ihr nicht stellen. Schon mein seliger Eduard ...«

Christina sprang so heftig auf, dass der Kaffee über den Tassenrand schwappte.

»Wie können Sie? Wie können Sie von Ihrem einzigen Sohn nur das Schlechteste annehmen?«

Die Gräfin lachte böse. »Annehmen? Ich war Zeuge seines Lebenswandels, meine Liebe, vergessen Sie das nicht. Mir können Sie nichts vormachen.«

»Sie haben seit zehn Jahren keine Ahnung, was Stefan tut oder nicht tut. Ich höre immer von seinem ausschweifenden Lebenswandel, davon, wie er mit beiden Händen das Geld zum Fenster hinauswirft, dass er Tag und Nacht in Hurenhäusern verbringt, aber ich habe es in all der Zeit, die ich mit ihm verbrachte, niemals erlebt. Der Stefan, den ich kenne, benutzt seine Stellung um anderen zu helfen, sein ausschweifendes Leben findet vorwiegend in der Bibliothek und in seinem Arbeitszimmer statt. Er hat niemals eine seiner Geliebten – falls er überhaupt eine hat – in sein Haus gebracht oder mit ihr eine gesellschaftliche Veranstaltung besucht«, sie musste Luft holen. »Er hat niemals irgendetwas getan, was dem Namen Winterfeld Schaden zufügen würde. Aber Sie weigern sich, das zu sehen. Sie verurteilen einen Mann nach dem Verhalten eines unreifen Jungen.« Sie schwieg erschöpft und auch die Gräfin Winterfeld sagte eine Weile lang nichts.

Als sie zu sprechen begann, klang ihre Stimme noch eine Nuance kühler. »Dann sagen Sie mir doch, warum dieser Ausbund an Tugend in diesem Moment wegen Hochverrat gesucht wird.«

In den nächsten Tagen erfuhr Christina, was gesellschaftliche Ächtung wirklich bedeutete. Es kamen weder Einladungen, noch Besucher. Wenn sie in Wien Einkäufe erledigte, wechselten jene, die sie erkannten, die Straßenseite. Einige ihrer Schneiderinnen und Putzmacherinnen wollten nicht länger für sie arbeiten, da sie sonst andere Kundinnen verlieren würden. Zu Stefans Mutter fand sie keine wirkliche Beziehung und Rudolf zog ihr mit seinem weinerlichen Selbstmitleid den letzten Nerv, deshalb ging sie ihm zunehmend aus dem Weg. Einzig Signore Belotto tauchte regelmäßig mit seinem Skizzenbuch auf, war aber weiterhin nur am Zeichnen und nicht an Konversation interessiert. Sie versuchte von Johann etwas über Stefans Aktivitäten heraus zu bekommen, aber außer einem undeutlichen »Gnädige Frau, ich bin nur der Kammerdiener« war ihm keine Antwort zu entlocken. Ihre Machtlosigkeit verdammte sie dazu, die Hände in den Schoß zu legen. Sie konnte nichts tun, sie hörte nichts von Stefan und außer ihr schien niemand von seiner Unschuld überzeugt zu sein.

»Er hat es nicht getan, niemals«, sagte sie zu ihrem Spiegelbild, als Lisbeth abends ihr Haar bürstete. Das Mädchen nickte, aber als es dann bei der Tür stand, warf es Christina einen mitleidigen Blick zu. »Und was wenn doch?«

Und wenn doch – der Satz verfolgte sie in ihre Träume. Was, wenn er all das getan hatte, was man ihm vorwarf? Dann hat er sicher einen guten Grund dafür, dachte sie. Er hatte nicht einfach aus Jux und Tollerei alles verraten, was ihm zuvor heilig war. Sie wünschte, sie könnte mit ihm sprechen, ihm die Wahrheit sagen, die sie tief in ihrem Herzen verbarg. Die Wahrheit, dass es ihr egal war, was er getan hatte, und warum er es getan hatte. Sie liebte den Menschen, den sie in den vergangenen Wochen kennen gelernt hatte, mitsamt seinen Fehlern, mitsamt den Geheimnissen und Abgründen. Sie wusste genug von ihm, um ihm jederzeit ihr Leben anzuvertrauen. Aber dazu musste er erst einmal auftauchen.

Aus Ungarn kamen weder Nachrichten von Stefan noch von Aufständen oder Unruhen. Die Tage tropften ereignislos dahin und Christina verfiel in immer größer werdende Agonie. Sie verlor jegliches Zeitgefühl, schlief lange und oft, und auch wenn sie wach war, flüchtete sie sich zunehmend in eine Fantasiewelt, in der Stefan und sie glücklich miteinander vereint waren. Die Depesche der Kaiserin kam daher wie ein Blitz aus heiterem Himmel. Es war eine Einladung zu einer Soiree in der Wiener Hofburg. Christina wendete das Blatt, um zu sehen, ob sie wirklich der Empfänger war. Dann legte sie es kopfschüttelnd zur Seite und hätte es schon fast vergessen, als sie eine Nachricht der alten Gräfin Winterfeld erhielt. Auch sie hatte eine Einladung erhalten. Beide konnten sich keinen Reim darauf machen, aus Ungarn gab es nach wie vor keine Neuigkeiten. Aber Christina fühlte sich zu ausgelaugt, um noch Nervosität zu empfinden. Die Pläne der Kaiserin waren ihr egal, wenn sie ihr Namen, Titel und Vermögen aberkennen wollte, dann sollte sie es tun. Irgendwie würde ihr Leben auch dann weitergehen.

So mechanisch wie sie die letzten Tage verbracht hatte, zog sie mit Lisbeths Hilfe ihre Hofrobe an und bestieg die Kutsche mit dem Winterfeld Wappen. Sie trug auch den Familienschmuck und sie war entschlossen, den Kopf hochzuhalten, komme, was da wolle. Sie traf sich mit Stefans Mutter im Foyer und gemeinsam stiegen sie die breite Marmortreppe zum Ballsaal hinauf. Blicke der anderen Gäste verfolgten sie, Fächer wurden aufgeklappt und Gesichter abgewendet. Die beiden Frauen gingen schweigend nebeneinander. Einer der Haushofmeister kam auf sie zu und bat sie, ihm zu folgen. Im Festsaal waren unzählige Reihen zierlicher Goldstühle aufgestellt worden, auf den meisten von ihnen saßen bereits Gäste. Christina ließ ihre Augen über die Anwesenden schweifen und stellte fest, dass sich die Spitzen der Wiener Gesellschaft versammelt hatten. Überrascht nahm sie mit Leonore auf zwei Stühlen in der ersten Reihe Platz. Sie blickte sich weiter um, und sah Rudolf, weit entfernt, der ihr aufgeregt zuwinkte. Mit einem Kopfschütteln winkte sie zurück. Das im Raum hängende Gemurmel verstummte als der Oberhaushofmeister mit seinem Stock dreimal auf den Boden klopfte und dann mit lauter Stimme verkündete: »Ihre Majestät, Maria Theresia, Königin von Ungarn und Böhmen, Erzherzogin von Österreich, seine Majestät Kaiser Franz der Erste, seine Durchlaucht Erzherzog Joseph und der Hochwohlgeborene Graf Stefan Alexander von Winterfeld.«

Christinas Kopf flog herum. Tatsächlich ging hinter dem Kaiserpaar neben dem Erzherzog ihr wegen Hochverrats gesuchter Ehemann. Und er trug keine Handschellen, sondern sein Hofgewand. Sie versuchte, seinen Blick aufzufangen, allerdings ohne Erfolg. Geraune erhob sich wie ein Sturmwind und erst als der Zeremonienmeister wieder mit dem Stock auf den Boden klopfte, und ein Page der vor den Reihen stehenden Maria Theresia ein zusammengerolltes Pergament überreichte, kehrte wieder Stille ein.

»Wir, die Herrscherin über Österreich und Ungarn haben die Edlen des Landes heute hierher befohlen, um sie zu Zeugen unserer großen Freude zu machen. Schon des längeren beobachteten Wir mit Sorge, dass missgeleitete Subjekte Unsere gottgewollte Herrschaft in Zweifel zogen. Das Nest der Aufständischen befand sich in dem unserem Herzen so eng verbundenen Ungarn.« Sie machte eine Pause, ließ das Schriftstück sinken und blickte in die Gesichter der Gäste. Es war mucksmäuschenstill. »Ein Mann hat es fertig gebracht, das gesamte Rebellenpack in eine Falle zu führen und damit der gerechten Strafe zu übergeben. Unter Einsatz seines Lebens hat er, ohne unsere offizielle Unterstützung, aber mit unserem Wissen und unserer Billigung gehandelt. Darum überreichen wir ihm heute die höchste Auszeichnung, die wir zu vergeben haben, im Wissen, dass sein Mut und seine Loyalität durch nichts aufzuwiegen ist.« Sie reichte die Schriftrolle einem der Pagen und nahm von einem anderen ein quadratisches Etui entgegen. »Stefan, Graf von Winterfeld, für die erworbenen Verdienste zeichnen wir ihn heute und hier mit dem Maria Theresia Orden aus.« Sie klappte das Etui auf und entnahm ihm einen sternförmigen Orden an einem rotweißroten Band. Langsam trat sie auf Stefan zu und legte ihm den Orden um den Hals. Leonore schluchzte in ein Spitzentaschentuch. Christina verfolgte die Szene, und vor lauter Erleichterung hätte sie selbst fast geweint. Er lebte und er war zurückgekehrt. Dass er zusätzlich noch als Held gefeiert wurde, war zwar erfreulich, aber in ihren Augen nicht wirklich wichtig. Das Warten, bis die Zeremonie ganz zu Ende war, kostete sie ihre ganze Kraft. Am liebsten wäre sie zu ihm gelaufen und hätte sich in seine Arme geworfen. Als die Kaiserin dann endlich schwieg, brandete nach einem Moment donnernder Applaus auf und Stefan wurde von Menschen umringt, die ihm entweder begeistert die Hand schüttelten oder ihm auf die Schulter klopften. Auch sie selbst und Stefans Mutter wurden im Handumdrehen zum Mittelpunkt von Glückwünschen und Aufmerksamkeiten. Und während Leonore das alles zu genießen schien, wurde ihr selbst übel. Noch vor einer halben Stunde hatte man sie ignoriert und jetzt buhlte man um ihre Gunst. Sie unterdrückte den Impuls, den Umstehenden ins Gesicht zu spucken. Stefan arbeitete sich langsam durch die Menge und es erschien ihr eine Ewigkeit, bis er endlich vor ihr stand. Er beugte sich zuerst über die Hand seiner Mutter und dann mit der gleichen tadellosen Eleganz über ihre.

»Madame, es freut mich, Sie wohlauf zu sehen.«

Christinas Herz fiel ins Bodenlose. Nicht die Worte, was sollte er hier inmitten der Menschen auch sagen, sondern der Tonfall, und die Art mit der ihre Hand nicht länger festhielt als notwendig. Sie konnte ihn nur mit weit aufgerissenen Augen, die ihr Entsetzen widerspiegelten, ansehen.

Sein Blick huschte kurz über ihr Gesicht, dann wandte er sich an seine Mutter. »Nun, Mutter, ...«

»Ach, Stefan, ich bin so glücklich, dass sich alles aufgeklärt hat«, unterbrach ihn Leonora, »und dass du dich des Namens Winterfeld als würdig erwiesen hast. Ich bin so stolz auf dich und Vater wäre es auch.«

Für eine Sekunde pressten sich seine Lippen zusammen, dann griff er in die Tasche seiner Jacke und holte das Etui heraus. Mit der anderen Hand zog er den Orden über seinen Kopf und legte ihn in die samtgefütterte kleine Schachtel. »Hier, Mutter, das gehört dir. Wärm dich daran in kalten Nächten oder drück ihn an dein Herz, wenn du wieder schlechte Nachrichten von deinem Sohn erhältst.« Sein Gesicht war mit Schminke und Schönheitspflästerchen zugespachtelt, aber trotzdem merkte Christina, wie abgezehrt er wirkte. Seine Augen lagen in tiefen Höhlen und die Wangenknochen traten spitz hervor. Er sah aus als wäre er durch die Hölle und wieder zurückgegangen. Sie stand noch immer neben Leonora und wartete auf ein Wort von ihm. Ein Wort, das ihr Hoffnung geben konnte.

»Rudolf hat mir berichtet, wie sehr Sie unter meinem Verhalten zu leiden hatten. Natürlich bedauere ich das zutiefst, und ich hoffe, dass nach dem heutigen Abend Ihre Stellung in der Gesellschaft wieder hergestellt ist. Schließlich war das der Grund für unsere Heirat.«

Die Worte schnitten wie ein Messer in ihr Herz. »Davon bin ich überzeugt, Monsieur«, gelang es ihr, zu erwidern. Die Kälte in ihr suchte nach einem Ventil und sie fügte hinzu: »So wie ich immer davon überzeugt war, dass Sie in Ihrer Selbstsucht nicht einen Gedanken an jene Menschen verschwenden, die Ihnen vertraut haben. Hauptsache, man feiert Sie als Helden.«

Er sah sie einen Moment lang an, und sie hatte den Eindruck, dass er etwas sagen wollte, das die Wand zwischen ihnen zum Einsturz bringen würde. Doch dann verbeugte er sich nur leicht vor ihr und seiner Mutter und schlenderte ohne ein weiteres Wort davon.

26

Erstaunlich, wie viel Cognac nötig ist, um in einem Kopf ein angenehmes Vakuum zu erzeugen, dachte Stefan und leerte den letzten Tropfen der Flasche in sein Glas.

Zwei Wochen waren vergangen, seit er mit Glanz und Gloria von der Kaiserin ausgezeichnet worden war. Seine Mutter kehrte prompt nach Bergenstein zurück, mit dem Orden im Gepäck und ließ ihn mehr als einmal wissen, dass er jetzt der Sohn war, den sie sich immer gewünscht hatte. Aber es kümmerte ihn nicht. Was in Anbetracht der Tatsache, dass er die Mission in Ungarn seinerzeit nur deshalb übernommen hatte, um ein Körnchen Anerkennung von ihr zu bekommen, schon erstaunlich war. Er hatte ihre schnelle Abreise begrüßt. Jetzt konnte er sich in seinem Stadthaus einrichten und vielleicht wieder ein unbeschwertes Leben führen.

An dem Punkt gab er dem Schankjungen ein Zeichen, ihm eine weitere Flasche zu bringen. Wem machte er etwas vor? In seinem Leben gab es den Begriff unbeschwert nicht mehr, und »Einrichten in seinem Stadthaus« war die schöne Umschreibung für »Flucht aus dem Gartenpalais«. Er konnte nicht mit Christina zusammenleben. Sie strahlte eine Kälte aus, die ihn frösteln machte. Er verstand, dass sie zornig auf ihn war, laut Rudolfs Schilderung hatte nicht viel gefehlt und man hätte sie auf offener Straße angespuckt. Er verstand auch, dass sie ihm vorwarf, ihr nicht vertraut zu haben. Aber zu jenem Zeitpunkt war es nicht nur unmöglich, sondern auch gefährlich, jemanden ins Vertrauen zu ziehen.

Er hatte gehofft, mit Christina sprechen zu können, er hatte auf ihre Großherzigkeit und auf ihr Verständnis gehofft. Aber die Kälte in ihren Worten und ihren Gesten tötete seine Hoffnung. Und was blieb, war die Gewissheit, dass er sie dazu gebracht hatte, so zu reagieren. Bevor sie ihn geheiratet hatte, war sie ein fröhliches, warmherziges Geschöpf gewesen, mit lachenden Augen und aufgewecktem Wesen. Jetzt umgab sie eine undurchdringliche Aura von Schmerz, Bitterkeit und Gleichgültigkeit. Er konnte es nicht ertragen, sie weinen zu sehen. Oder auch nur zu wissen, dass sie in ihrem Bett lag und sich die Augen wegen ihres verpfuschten Lebens aus dem Kopf weinte. Darum war er gegangen, vergrub sich tagsüber in seinem Haus und trank sich in wechselnden Schankstuben durch die Nächte. Zwei Flaschen Cognac waren der Eintrittspreis in eine Welt, in der ihn Christina liebte, in der sie nicht weinte, sondern sich in seine Arme schmiegte. In der die Leere in seinem Inneren nicht länger existierte. Überraschend sicher packte er Rudolfs Arm, der nach der Cognacflasche – seiner Cognacflasche – griff.

»Bestell dir selbst eine, die gehört mir«, sagte er mürrisch.

Rudolf setzte sich. »Es ist noch nicht einmal elf und du bist blau wie eine Haubitze.«

»Wenn ich das wäre, würde ich dich nicht mehr erkennen, mein Alter.«

Rudolf versuchte unauffällig, die Flasche aus Stefans Reichweite zu bugsieren. Stefan stand auf, packte den Flaschenhals und zog den Cognac zu sich. »Was willst du?«

»Ich dachte, wir könnten einen Streifzug durch die Nacht machen, so wie früher. Vielleicht auf den Spittelberg, Wetten, Würfel, Weiber.« Er lachte gekünstelt.

»Kein Bedarf«, erwiderte Stefan einsilbig.

»Oder in die Oper, es gibt ein neues Lustspiel. Du bist doch immer gern in die Oper gegangen.« Stefan würdigte ihn keiner Antwort, sondern trank sein Glas leer. »Bei allen Heiligen, Stefan, du kannst nicht so weiter machen, da hättest du dich gleich in Ungarn umbringen lassen können«, sagte er zornig.

Stefan drehte das Glas in der Hand. »Das hätte uns allen eine Menge erspart. Meine Mutter könnte meinen Orden am schwarzen Band in den Herrgottswinkel hängen, du könntest jede Nacht mit einem anderen Nymphchen poussieren und Christina könnte ... «, er schluckte und fuhr leiser fort, »... all das tun, was sie schon immer wollte. Und mit wem sie es wollte.«

Rudolf schwieg eine Weile, dann schlug er mit der Faust auf den Tisch. »Ich hab's satt, euch beide mit weidwundem Blick durch die Gegend irren zu sehen. Christina war drauf und dran nach Budapest zu fahren und dich aus dem Gefängnis zu holen, weißt du das eigentlich?«

Stefan zuckte die Schultern. »Sie war schon immer impulsiv. Und sie hat eine karitative Ader.«

»Das allein ist es nicht.« Rudolf packte ihn am Arm. »Sie hat nie an all die Beschuldigungen geglaubt, gleichgültig, was die Gerüchte auch immer verbreiteten.« Stefan schwieg. »Und sie ist vor Angst um dich fast gestorben. Stefan, das Mädchen liebt dich, und wenn du das nicht siehst, dann nur weil dich der Schnaps blind macht.«

»Meinst du?«, fragte Stefan unsicher.

»Ja, ich meine. Und ich meine auch, dass du dich zusammenreißen und deinen Hintern in Richtung Rennweg bewegen solltest.« Er musterte seinen Freund. »Ein Bad und eine Rasur vorher wären allerdings angebracht.«

»Du meinst wirklich, sie liebt mich?« Stefan grinste wie ein Idiot und Rudolf verdrehte die Augen. »So unglaublich es mir im Moment auch erscheint, aber das Mädchen wurde Opfer deines unwiderstehlichen Charmes.«

»Das ist natürlich eine Erklärung.« Immer noch grinsend stand Stefan auf. Er schwankte leicht und griff nach der Tischkante.

»Komm an die frische Luft, Freund, das wird deinen Verstand klären.« Fürsorglich griff Rudolf nach Stefans Arm, um ihn zu stützen. Eine kräftige Stimme ließ ihn jedoch innehalten.

»Hab ich Euch also doch noch gefunden, Winterfeld.« Ein Mann trat in den Lichtkreis der Ölfunzel.

Stefan blinzelte, weil er seinen Augen in diesem Moment nicht trauen wollte.

»Aber die fettesten Ratten verstecken sich immer in den tiefsten Löchern.«

Stefan starrte ihn an und seine Lippen formten einen Namen. »Rödern.«

»Derselbe. Ich kann nicht behaupten, dass es eine Freude ist, Euch wieder zu sehen. Aber es wird mir eine Freude sein, mein altes Versprechen einzulösen.« Er umkreiste den Tisch, wie eine Katze, die gefangene Maus. »Ihr könnt Euch doch noch an mein altes Versprechen erinnern, Winterfeld? Es hatte etwas mit Eurer Haut zu tun und vielen kleinen Streifen. Und mit Christina.«

Stefan versuchte, den Cognacnebel aus seinem Gehirn zu vertreiben.

»Was immer Ihr gehört habt ...«

Rödern unterbrach ihn mit einer Handbewegung. »Ich soll Euch Grüße von einer gemeinsamen Bekannten bestellen. Wir haben uns in Florenz kennen gelernt und sie teilte mir ihre Befürchtungen wegen einer lieben Freundin in Wien mit.«

»Vielleicht könntet Ihr damit aufhören, in Rätseln zu sprechen«, meldete Rudolf sich zu Wort.

Röderns Augen blieben auf Stefans Gesicht geheftet. »Obwohl ich überzeugt bin, dass Ihr, Winterfeld, genau wisst, wovon ich spreche, soll doch Euer Freund und auch alle anderen hier nicht länger im Unklaren bleiben.« Die Gespräche an den anderen Tischen waren verstummt.

»Während meines Aufenthaltes in Florenz schüttete mir die Baronin Kernberg ihr Herz aus. Christina von Winterfeld wurde von ihrem Mann an eine teuflische Bruderschaft verkauft, um sie in der Nacht des schwarzen Mondes zu töten und die Herrschaft Luzifers herzustellen. Die Baronin versuchte unter Einsatz ihres Lebens, Christina zu retten, was ihr auch gelungen ist, und die Bruderschaft zu zerschlagen. Graf Winterfeld verfolgte und bedrohte die Baronin so lange, bis ihr nichts anderes übrig blieb, als zu flüchten. Sie wollte Christina mitnehmen, aber der Graf hielt seine Frau in seinem Haus gefangen.« Rödern sah in die Runde. »Und jetzt bin ich hier, um Vergeltung zu üben. Dafür, dass Ihr mir Christina gestohlen habt und dafür, dass Euer kleines, krankes Gehirn vor keiner Abartigkeit zurückschreckt.« Noch immer war es totenstill und Röderns Worte hallten in dem Gewölbe wie die Trompeten von Jericho.

»Die Baronin lügt«, sagte Stefan ruhig. Er war jetzt vollkommen nüchtern und betrachtete seinen Gegner. Rödern befand sich in einem Zustand, der keine Argumente gelten ließ. Er war wild entschlossen, ihn zu töten und nichts würde ihn davon abhalten.

»Sie lügt, ich kann es bezeugen«, rief Rudolf heftig.

Rödern lachte verächtlich. »Was sonst sollt Ihr auch sagen, Winterfeld. Ihr mögt vielleicht ein Edelmann sein, aber Ihr seid ganz sicher kein Ehrenmann.«

Man konnte hören, wie alle im Raum die Luft anhielten. Es gab
auf eine Beleidigung dieser Art nur eine Antwort und Stefan kannte sie. »Ihr sollt Euren Willen haben, Rödern. Im Morgengrauen,
der übliche Platz in den Praterauen, ich bevorzuge Degen. Den
Firlefanz mit Sekundanten und Arzt können wir uns schenken.«
Er fügte gerade so laut, dass Rödern es hören konnte, hinzu: »Nur
Ihr und ich.«

27

Christina hatte angefangen zu überlegen, wie die Steigerungsform von Unglück hieß, um dem Zustand, in dem sie lebte, einen passenden Namen zu geben. Stefan war zwar zurück, doch sie war so einsam wie vorher. Er bewohnte sein Stadthaus, nur einige Kilometer entfernt, aber er hätte auch auf dem Mond hausen können, so unerreichbar war er für sie. Sie hatten seit dem Abend in der Hofburg keine zehn Sätze miteinander gewechselt und jeder einzelne davon steckte wie eine glühende Nadel in ihrem Fleisch. Einige Male war sie zu ihm gefahren und hatte versucht, mit ihm zu sprechen, aber er hatte es abgelehnt, sie zu empfangen. So war sie unverrichteter Dinge wieder an den Rennweg zurückgekehrt und versuchte, sich zu überzeugen, dass es für alle Beteiligen am besten wäre, wenn man getrennte Wege ginge. Obwohl Einladungen in Hülle und Fülle eintrafen, nahm sie keine davon an und empfing auch keine Besucher. Sie hatte angefangen, nach ihren Skizzen zu malen und tat das vorzugsweise nachts, beim Licht dutzender Kerzen. Sie mochte diese Stunden, die etwas Unwirkliches hatten, in denen sie sich vorgaukeln konnte, in einer eigenen Welt voll sanfter Pastelltöne zu leben. Die Tage verschlief sie, sie wich den grellen, erbarmungslos leuchtenden Farben aus.

So war es auch in dieser Nacht. Das Atelier, das sie in einem geräumigen Zimmer des Hauses untergebracht hatte, glühte im Schein der Kerzen. Ihre Pinselstriche kamen mittlerweile schnell und sicher. Die Bilder zeigten immer öfter das, was Christina sehen wollte und die Arbeit wurde zunehmend befriedigender für sie. Sorgfältig wusch sie die verschiedenen Pinsel aus, reinigte die Palette und verschloss die Farben. Während sie den Kittel, den sie über ihrem Kleid trug, abstreifte und auf einen Sessel legte, blickte sie aus dem Fenster. Das Dunkel verwandelte sich bereits in ein milchiges Grau, und kündigte den neuen Tag an. Sie lief leichtfüßig die Treppe hinab bis hinunter zur Küche, um sich dort noch einen Becher Milch zu holen. Als sie die Tür öffnete, blieb sie erstaunt stehen. Rund um den Küchentisch hatte sich das gesamt Personal in abgewetzten Schlafröcken und weißen Zipfelmützen versammelt. Der Einzige, der Straßenkleidung trug, war Johann, der mit Stefan vor zwei Wochen ins Stadthaus gezogen war. Sie kam langsam näher und merkte dabei, dass manche der Frauen Tränen in den Augen hatten.

»Was ist passiert?«, fragte sie vorsichtig.

»Graf Winterfeld«, antwortete Johann, »er duelliert sich heute Morgen.«

»Auf Duelle steht die Todesstrafe.« Christina versuchte, sich zu sammeln. »Warum, um Himmels willen? Und mit wem?«

»Es ist eine Sache der Ehre. Graf Winterfeld konnte nicht anders handeln«, erwiderte Johann.

Christina warf die Hände in die Luft. »Ehre, immer wieder geht es um Ehre. Ich kann das verdammte Wort nicht mehr hören«, rief sie gereizt und ignorierte die entsetzten Blicke der Hausmädchen. »Seine kostbare Ehre wurde also befleckt, und er muss sie mit Blut verteidigen. In welchem Jahrhundert leben wir eigentlich?«

Christina schüttelte den Kopf und ging in die Vorratskammer, um den Milchkrug zu holen. Zurück in der Küche, nahm sie einen Becher aus dem Schrank. »Und wer hat es gewagt, an der Ehre von Graf Winterfeld zu kratzen?«

»Axel von Rödern.«

Der Becher zerschellte mit einem hässlichen Geräusch auf dem Fußboden. Alle Farbe war aus Christinas Gesicht gewichen. »Wo ... wo sind sie?«

»In den Praterauen, neben dem Lustschlösschen gibt es einen Platz für ...«

Den Rest von Johanns Ausführungen hörte Christina nicht mehr. Sie rannte in den Stall, sattelte ihr Pferd und schlug den Weg nach Norden ein. Die Angst presste ihr die Kehle zusammen. Was war geschehen? Was hatte Axel getan und was würde Stefan tun? Warum war Axel überhaupt zurückgekommen? Die Gedanken jagten durch ihren Kopf und der Ritt erschien ihr endlos. Im Osten färbte die aufgehende Sonne die Wölkchen am Horizont schon rot, als sie beim Lustschloss ankam. Sie blickte sich um, und trieb das Pferd in die Richtung, aus der das Geklirr von Degen zu vernehmen war. Sobald sie die beiden entdeckt hatte, sprang sie vom

Pferd. Dass sie noch rechtzeitig gekommen war und die Männer lebend antraf, verwandelte ihre Angst in Zorn.

»Hört auf, ihr verfluchten Idioten, sofort.« Sie stampfte mit dem Fuß, was auf dem grasbedeckten Boden ohne nennenswerte Wirkung blieb. Erbost marschierte sie weiter und blieb vor den beiden mit in die Hüfte gestemmten Armen stehen. »Ihr sollt aufhören«, schrie sie nochmals. Die Männer ließen gleichzeitig die Degen sinken. Stefan blieb abwartend stehen, während Axel auf sie zukam.

»Ach, Christina«, er zog sie an sich und hielt sie kurz fest. »Ich bin so froh dich zu sehen, Es wird alles gut werden ...«

Die letzten Worte brachten sie dazu, sich aus seiner Umarmung zu befreien. Die richtigen Worte vom falschen Mann.

Er wischte sich die Schweißtropfen von der Stirn und strahlte sie an. »Es gibt so viel, zu erzählen, Christina ... «

Sie sah zu Stefan, der seine im Gras liegende Jacke aufhob.

»... musst dich nicht länger mit diesem Monster abgeben, jetzt ...«

»Immerhin war dieses Monster für mich da, als du verschwunden bist“, sagte sie.

Sein Lächeln vertiefte sich. »Es ist an der Zeit, dass dir jemand die Wahrheit erzählt.«

Christina runzelte die Stirn. »Die Wahrheit?«

Axel nickte. »Ich hätte dich niemals verlassen. Er hat mich erpresst, er wollte deiner Tante von meinen Schulden erzählen, und du weißt ganz genau, dass sie dann keinesfalls in eine Ehe eingewilligt hätte.«

Stefan war nähergekommen, auch sein Gesicht glänzte vor Schweiß und das Hemd klebte an seinem Körper.

»Ist das wahr?«, fragte ihn Christina und er senkte den Kopf.

»Er wollte dich auch nicht heiraten, er wollte dich zu seiner Mätresse machen. Ich habe darauf bestanden, dass ich nur dann verschwinde, wenn er dich heiratet.« Christina sah zu Stefan, der wieder nickte. Sein Gesicht war grau.

»Er bot mir sogar an, meine Schulden zu bezahlen, wenn ich dich verlasse. Er hat dich gekauft, wie ...«

»... ein Möbelstück für seinen Salon«, vollendete Christina dumpf.

»Christina ...« Stefan streckte die Hand aus, seine Stimme war nur ein Hauch.

»Sag mir, dass er lügt«, flüsterte Christina. Stefans Hand fiel herunter.

»Das kann ich nicht.«

»Dann«, sie schluckte die aufsteigenden Tränen hinunter, »ist wohl alles gesagt.«

Einen Moment lang blieb er unbeweglich stehen, dann verbeugte er sich und ging zu seinem Pferd. Christina sah ihm nach, immer noch betäubt von den letzten Minuten.

Axel nahm sie an den Schultern und drehte sie zu sich herum.

»Es ist vorbei, Christina, du hast die Hölle überlebt, von jetzt an wird alles wunderbar werden. Wir beide ...«

»Warum bist du zurückgekommen?«

»Ich habe von der Baronin Kernberg gehört, was er dir angetan hat. Dass er dich töten lassen wollte, dass er dich eingesperrt hat ...«

Christina versuchte, das Gehörte zu verarbeiten. »Die Baronin hat dich belogen. Sie selbst war es, die mich töten wollte, und Stefan hat mich gerettet. Sie hat dich zu ihrem Rachewerkzeug gemacht, Axel.«

Er sah sie unsicher an und fuhr sich durchs Haar. »Aber alles andere, Christina, dass er uns auseinandergebracht hat, dass er dich getäuscht hat.«

Christina begann an den Farbresten auf ihren Fingernägeln zu zupfen. »Er hat dir das Geld angeboten, aber du hättest nicht annehmen müssen. Du hattest eine Wahl, Axel.«

»Und riskieren, dass deine Tante unsere Heirat verbietet?«, sagte er aufgebracht.

»Sie hätte mir nichts verbieten können, du weißt ganz genau, dass ich mit dir durchgebrannt wäre«, entgegnete sie ebenso hitzig.

»Ach ja, und wovon hätten wir gelebt? Ich konnte dir nichts bieten, und da dachte ich, Winterfeld ...«

»Du dachtest, du hättest ein Recht mich zu verkaufen.«

»Ich wollte nur das Beste für dich.«

Sie schwiegen beide.

»Meine Verhältnisse haben sich geändert«, sagte Axel dann leise. »Ich habe eine kleine Erbschaft gemacht. Genug, um Winterfeld sein Geld zurückzugeben und genug, damit wir ein gemeinsames Leben planen können.«

»Ich bin verheiratet.«

»Du kannst dich von ihm trennen. Auch eine Scheidung ist möglich, wenn wir danach ins Ausland gehen«, schlug er vor.

Christina verschränkte die Arme vor der Brust und schüttelte langsam den Kopf.

»Es ist zu spät, Axel.«

Er machte einen Schritt auf sie zu und packte sie an den Schultern.

»Das ist es nicht, Christina, die ganze Welt gehört uns, wenn du nur willst.« Das letzte Wort echote zwischen ihnen. »Willst du, Christina?«, wiederholte er und sah sie eindringlich an.

Sie entwand sich seinem Griff. »Axel, ich ... «

»Liebst du mich?«

Ihre Hand öffnete sich in einer hilflosen Geste. »Du bist meine erste große Liebe ...«

»... aber nicht die Liebe deines Lebens«, vollendete Axel bitter.

Sie war erstaunt, dass ausgerechnet er die Worte fand, nach denen sie gesucht hatte.

»Ja, so ist es wohl«, sagte sie langsam.

»Also ist das Einzige, was bleibt, der Abschied.«

Sie ging zu ihm. »Und es gibt nichts, was ihn weniger schmerzhaft macht.«

Als sie ins Palais zurückkam, herrschte dort die übliche frühmorgendliche Geschäftigkeit. Christina fühlte sich müde und erschöpft. Es musste ein Gespräch mit Stefan stattfinden, aber bevor sie in die Stadt fuhr, brauchte sie ein paar Stunden Schlaf. Sie ging über den Flur, der zur Treppe führte, vorbei an der Bibliothek, dem Kaminzimmer und schließlich auch an ihrem neu eingerichteten Atelier. Die Tür stand offen und gewohnheitsmäßig warf sie einen Blick in den Raum. Ein Mann lehnte am Fenster und sah hinaus. Christinas Hand krampfte sich um den Türrahmen. Dann betrat sie langsam das Zimmer. Das Parkett knarrte unter ihren

Schuhen und Stefan drehte sich um. Einen Moment lang musterten sie sich schweigend.

»Ich habe vergessen, dass Sie Ihre persönlichen Gegenstände einpacken müssen. Und natürlich auch die Bilder. Ich ziehe mich nur rasch um, dann sind Sie wieder ungestört.«

»Es ist Ihr Haus«, erwiderte sie ebenso höflich.

Er nickte abwesend. »Wartet ... er unten auf Sie?«

Die Tatsache, dass ihr Mann nicht einmal Axels Namen aussprechen konnte, hätte ihr unter anderen Umständen ein Lächeln entlockt. »Nein.« Sie ging quer durch den Raum auf ihn zu und blieb mit verschränkten Armen vor ihm stehen. »Es war falsch, was Sie getan haben, aber das wissen Sie bereits, also kommen wir zum Wesentlichen: Warum haben Sie es getan?«

Er sah sie an, aber das Feuer in seinen Augen war erloschen. Nur mehr zwei tote Krater waren übrig. »Sie haben es gehört: Ich wollte Sie haben – nackt in meinem Bett, um keine Missverständnisse aufkommen zu lassen. Und dafür war mir jedes Mittel recht und kein Preis zu hoch.«

»Brillanter Plan. Und warum bin ich drei Monate nach unserer Hochzeit noch immer Jungfrau?«, erkundigte sie sich unverfroren.

»Das Problem ist, dass ich mich in sie verliebt habe, Christina, schon bevor wir geheiratet haben, und seit diesem Zeitpunkt war meinen Strategien recht wenig Erfolg beschieden«, sagte resigniert. »Ich hätte Sie zweifellos dazu bringen können, mit mir ins Bett zu steigen, nur war mir das nicht genug. Ich wollte, dass Sie meine Gefühle erwidern. Aber heute ...«

»Heute?«, fragte Christina.

»Heute ist das Einzige, was ich mir wünsche, dass Sie glücklich sind. Ich ertrage es nicht länger, Sie weinen zu sehen. Ich kann mit allem leben, ich kann sogar ohne Sie leben, aber nicht mit Ihren Tränen.« Er griff nach ihren Händen. »Ich wünsche Ihnen Glück, Christina, ich wünsche Ihnen, dass Sie das Glück finden und festhalten können. Sie brauchen keine Angst zu haben, dass ich Ihnen im Weg stehen werde. Nie mehr.«

Christinas Hände begannen in den seinen zu zittern. »Schön, dass wir uns in diesem Punkt einig sind, Stefan. Auch ich bin der

Ansicht, dass ich in der letzten Zeit zu viel geweint habe. Auch ich will mein Glück festhalten, wenn ich es gefunden habe.« Er machte Anstalten, ihre Hände freizugeben, doch sie ließ es nicht zu und zog ihn näher. »Und genau das tue ich jetzt. Obwohl ich fürchte, dass es dabei wieder Tränen geben wird.« Ihre Lippen berührten seinen Mund, sanft und tröstend. Sie spürte, wie er zu schwanken begann und langsam zu Boden rutschte. Auch ihre Beine gaben nach und so knieten sie schließlich eng umschlungen auf dem Boden. Tränen strömten über Christinas Wangen und wuschen den Schmerz und die Anspannung weg. Als er ihren Mund freigab und seine Stirn an ihre Schläfe lehnte, murmelte sie atemlos: »Ich liebe dich, ich liebe dich so sehr. Der einzige Mann, der mich glücklich machen kann, bist du.«

Er begann, die Tränen von ihrem Gesicht zu küssen. »Ich schwöre, bei allem, was mir heilig ist, dass du deinen Entschluss nicht bereuen wirst«, beteuerte er und als er aufsah, merkte Christina, dass auch über sein Gesicht Tränen liefen. Sie legte die Hand an seine Wange und ihre Blicke tauchten ineinander. »Ich liebe dich«, flüsterte er. »Du bist mein Leben.« Sie küssten sich wieder, weniger sanft als beim ersten Mal und Christina schmiegte ihren Kopf in seine Halsbeuge.

Mit geschlossenen Augen genoss sie seine Zärtlichkeiten, bis er plötzlich aufhörte und völlig entgeistert rief: »Was ist das?«

Christina blinzelte träge in Richtung Tür und lächelte. »Ein Schwein. Und ein zweites Schwein.«

»Gibt es da etwas, das ich wissen sollte, Liebste?

Christina lehnte sich behaglich in seiner Umarmung zurück.

»Das ist eine lange, lange Geschichte ... sagen wir, es handelte sich um eine günstige Gelegenheit.«

»Für wen?«

Christina kicherte. »Für Julia, für uns und ... «

»... und für Romeo.«

Ende